잠만 자는 방 있습니다

강건늘 시집

잠만 자는 방 있습니다

달아실 시선
43

달아실

일러두기

1. 본문에서 하단의)는 '단락 공백 기호'로 다음 쪽에서 한 연이 새로 시작한다는 표시이다.
2. 보조 용언과 합성 명사의 띄어쓰기 등 본문의 맞춤법은 시인의 의도에 따른 것임.

옅은 마음이여
모든 푸름이여
나의 작은 새들이여

너무 외롭지 않기를
그저 자유하기를

2021년 여름
강건늘

차례

2부

4부

1부

플라타너스

이글거리는 태양의 손짓을 닮은 플라타너스

쏟아지는 태양과 함께 너울거리는 플라타너스

더 이상 벌어지지 않는 손을 펼치며

누군가를 자꾸만 부르는 플라타너스

그 아래 서 있으면

그의 얼굴이 환하게 비춰온다

너울거리는 플라타너스와 함께

그 이름을 부른다

플라타너스

플라타너스
〉

주술의 플라타너스

슬픔의 플라타너스

가슴의 건반에서 일렁이는

플 라 타 너 스

모든 플라타너스가 움직인다

모든 플라타너스가 너에게로 간다

달아나는 밤
— 약간 李箱풍으로*

첫 번째 골목에서 20대가 달아난다

두 번째 골목에서 20대보다 빠른 30대가 달아난다

세 번째 골목에서 30대보다 빠른 40대가 달아난다

다섯 번째 골목에서 50대인지 60대인지 모르는 이가 달아난다

여섯 번째 골목에서 첫사랑이 진눈깨비와 함께 휘날리며 사라진다

일곱 번째 골목에서 색이 바랜 일기장과 함께 센티멘털리즘이 달아난다

여덟 번째 골목에서 언덕 위의 별들이 무더기로 내려와 빛을 잃으며 사라져간다

아홉 번째 골목에서 젊고 건강한 엄마가 달아난다

열 번째 골목에서 푸른 모과나무가 잎사귀들을 뚜욱 뚜욱 떨어뜨리며 달아난다

열한 번째 골목에서 노랗고 붉은 잎사귀들이 까르르 까르르 나뒹굴며 달아난다

열두 번째 골목에서 순한 양들이 달아나며 흙먼지를 뒤집어쓰고 먹구름으로 변한다

열세 번째 골목에서 집채만 한 코끼리가 길을 막고 있다
어찌할 바 몰라 산득해진 이
미로처럼 막힌 골목 한 귀퉁이에서
참새처럼 쪼그려 앉아 하늘을 올려다본다

달아난다
달아난다
달아 난다
달이 난다
둥근 달이
난다

둥근 달 안에
흩어진 직소퍼즐 조각들
바람이 하나씩 하나씩 끼워 맞추고 있다

* 황인숙의 시 「매트릭스 2004 李箱풍으로」에서 차용함.

재봉사가 초록 위를 지날 때

— 드뷔시의 <목신의 오후에의 전주곡>은 흐르고

재봉사가 지나간다
하늘과 구름들을 수선하러 다니는
꿈 많은 소년의 아버지
나풀나풀 커다란 날개를 파닥거리며
힘차면서도 순하고 다정다감하게
재봉틀이 돈다

하얀 천 조각들로
해진 팔꿈치와 뜯어진 무릎이 누벼지고
세상의 모든 시곗바늘은 해진 시간을 꿰매고
구름처럼 살찐 토끼가 소파 구석에 앉아
코 속까지 무성하게 덮인 피곤의 풀을 야곰야곰 쉼 없
이 뜯고 뜯고
나는 톰슨가젤을 지켜보는 치타처럼 조심스럽게
코를 고는 어머니를 바라본다
베란다 너머로는 초록 들판 위 평화를 사랑하는 화가의
그림 속 목동이 소를 먹인다
사슴이 자꾸만 숲으로 도망가는 것이 싫어 소를 그린다고

안단테 칸타빌레로 초록을 뜯고 바람은 초록을 칠하고

칠하고
　표백된 마음들 꿈의 흔적들 모여 있다
　젊은 시절 엄마의 블라우스처럼 봉긋 봉긋 그 사이로
　발가벗은 천진한 태양의 아이들은 몸을 숨기며 술래잡
기를 하고
　가장자리에 앉아 장난감 같은 작은 세상을 바라보는
소년이 피리를 불며
　모두의 태교음악처럼 모두의 자장가처럼
　가난한 주황색 지붕 위로
　쌔근쌔근 자는 아이의 숨결 위로
　평화를 떨어뜨린다
　군인부대 숲 속 따스한 솔방울들 아래에서
　피엑스에서 사 온 분홍빛 소시지가 엄마의 손에서 스르
르 벗겨지던
　그 몽글한 기억처럼

　재봉사가 지나간다
　나의 어린 시절 7장 6절과
　어른 시절 30장 6절을 재봉하고
　오후의 가장자리로 멀어져 간다

세상의 모든 사과

세상의 모든 사과들이
우루루
일제히 떨어져
굴러다니고 있네

이를 어쩌나
이를 어쩌나
말도 못하고
비명도 지르지 못하고
자신들도 어찌할 바를 모르고
멍이 들고 멍은 깊어가고

과수원 농부들은 망연자실
빈 바구니를 든 처녀들은
내 것이 모두 사라져버린 절망에
하염없이 눈물이 흐르고
아
사과를 잃어버린 것은 세계를 잃어버린 것
하나의 세계는 그렇게 하루아침에 사라져버리는 것
〉

세상의 모든 사과들이
동글동글 동글동글
굴렁굴렁 굴렁굴렁
둥실둥실 둥실둥실
굴러다니고 떠다니네
지구는 돌고
사과는 굴러다니고
이유 없는 노동이 시작된 것
끝도 모를 노동이 시작된 것

나무에서만 자란 사과들은
무슨 영문인지
아무도 영문을 모르고
이 노동이 언제나 끝날까
이 괴롬이 언제나 끝날까

어쩌면 꿈일 거라고
얼굴이 화끈! 화끈!

낙엽은

낙엽은 발그레하게 미소를 띠었다. 바람이 없었으므로 까르르, 갸륵 갸륵 웃지는 못하였다. 수줍고 온순해 보이는 미소를 지었다. 눈이 맑은 사람들은 낙엽들이 웃는 것을 보았다. 고양이 하나와 까치 두 마리, 그리고 비둘기 여럿이서 잔디 위에 있었다. 고양이가 까치 눈치를 보았다. 까치는 고양이를 자기 아랫것처럼 생각하고 겁을 주려고 했다. 고양이는 천성이 자존심이 강해 까치에게 시달리지 않는 척했다. 그래서 고양이와 까치는 보기 좋은 그림을 만들었다. 그 사이 비둘기들은 서둘러 먹을 것을 골라내고 있었다. 낙엽은 굳이 참견하지는 않았다. 옛 사람이 묻혀 있는 고분에서 옛 사람이 될 사람들이 산책을 즐겼다. 노인들은 할 일을 다 끝내고 이제야 여유 있게 데이트를 즐겼다. 젊은이들은 바빠서 얼굴을 보이지 않았다. 남아 있는 것이 있을 때 사랑하라고, 낙엽은 혼잣말을 했다.

그날 밤 낙엽은 아파트단지를 돌아다녔다. 잘 시간이 되었지만, 비가 내리고 있었으므로, 일요일 밤이었으므로, 세상은 죽은 듯 조용했으므로, 잠을 이룰 수 없는 밤이었다. 공중전화 부스 앞에 있는 담배꽁초를 가만히 바라보

왔다. 누군가의 고독이 짙게 배어 있는 꽁초가 자신을 버리고 간 한 사람을 기다리고 있는 듯했다. 생이 다할 때까지 그 입술을 기억하고 간직할 거라 생각했다. 공중전화 부스는 언젠가부터 텅 비어 있었다. 언뜻 언뜻 사람이 보이긴 했으나 진짜 사람인지 옛 기억인지 알 수 없었다. 누군가는 여전히 울고 있었고, 누군가는 수화기를 떨어뜨린 채 멍하니 서 있었다. 더 이상 아픈 말들은 오가지 않았지만 사랑의 말들은 시들어버려 옛날처럼 되어버렸다. 누군가의 오래된 마음만이 있었다. 누군가의 통화가 끝나기를 기다리는 사람처럼 한참 동안 공중전화 부스 앞에 있었다. 낙엽은.

실종

3층 옥탑방
쇠문에 걸린 유리거울
서걱서걱
흔들리는 밤
옹이진 상처의 말 조각들
말 못 하는 말들
댈러웨이 부인의 첫사랑의
말 못 한 말들이
찾아오는 밤
버지니아 울프처럼
별들도 신경쇠약으로
밖으로 나오지 않는 밤
지쳐버린 잎사귀들
템즈강 같은 검은 밤에
투신하는 밤
아스팔트에 버려진 가방 하나
죽은 쥐처럼 식어가는 밤
전철역 거리에서 맨발의 여인
새처럼 쪼그리고 앉아

방뇨하는

밤

19세기 빅토리아 시대의

말 조각들만이

죽은 새처럼

차가운 엉덩이처럼

떠다니는

ㅂ

ㅏ

ㅁ

실종된 자子음을 찾아 헤매는 모母음처럼

집 잃고 떠도는 글자들

하늘의 계단에 우두커니 앉아

바라본다

우리는 둥근 세상 속에 살고 있다

넓은 평지의 그녀가 몸을 웅크리자

등마루에서 산맥이 나오고 티그리스와 유프라테스가 생겨났다

노란 햇살이 머릿결을 어루만지고 부드러운 귓불과 입술 사이로 여린 초록들이 돋아나고

D장조의 바람만이 감싸고 돌 때

은밀한 곳에서는 꽃망울이 터지고 벌과 나비가 모여들었다

새들이 지저귀고 시냇물이 까르르 까르르 웃어대고

여인의 몸에서 푸른 무늬들이 일어나 아름다운 숲을 만들었다

F장조의 연주와 함께 아이들의 웃음소리는 뛰놀고

하늘에서 거룩한 빗방울들이 떨어지면 아이들은

노란 우비를 입고 노란 장화를 신고 흙장난을 한다

흙이 묻은 코를 후 부니 시간은 마법을 부려

아이들은 금세 여름이 되고 가을이 되고

해와 달이 만들어놓은 이야기와

어머니의 어머니들과 아버지의 아버지들이

만들어놓은 이야기 속에서

잠들고 깨어나기를 반복하고
뱃속에서처럼
웅크려 잠이 들고 아
고통의 웅크림 평화의 웅크림
그리움의 웅크림 갈망의 웅크림
어느덧 모르는 계절이 찾아오면
모든 슬픔은 터지고
잠시 사막처럼 황량해졌다가
여전히 세상은 아무도 모르게 돌아가고
넘치는 과즙의 싱싱한 달 아래
나무는 둥근 사랑을
키워내고

달님이여

달님이여
그곳에 얼마나 오래 계셨나요
지금은 21세기입니다
20세기와 19세기와 그 많은 세기들을 지나
이제 21세기에 와 있습니다
얼마나 긴 세월이셨나요
희망은 얼마나 고단한가요
삶은 투쟁과 같은데
당신의 살결처럼 당신의 눈빛처럼
보드라운 사랑은 어디에 있나요

달님이여
얼만큼의 슬픔인가요
누구를 기다리나요
무엇을 그리워하나요
저 멀리 혼자 떨어져
얼마나 많은 것들을 품고 있나요

시간은 냉정합니다

오늘도 밤은 길지 않겠지요
하지만 견뎌내야 하지요
당신을 볼 수 있는 시간은 딱 이만큼입니다
어떤 해답도 없고
그저 빛나고
빛나는 것을 바라볼 뿐입니다

바둑 두는 새벽

딱! 딱!
모두가 잠든 밤
바둑판 위에 돌이 놓여진다
어제와 다르지만 다르지 않게
귀부터 시작한다
먼저 귀를 차지해야 한다
상대가 들어오지 못하도록
상대도 마찬가지
먼저 귀를 차지한다
귀퉁이를 바라본다

오래 서성거렸지
골목 끄트머리 귀퉁이
불빛은 따스한데
벽은 차가웠지
먹물로 쓴 문자를
보내지 못하고
밤을 지나 새벽까지
담배만 피우다 돌아오던 곳
〉

함께 살 수 없는 귀의 운명
상대의 돌이 있는 귀는 너무나 견고해서
들어갈 수가 없다
들어갔다가는 이내 죽음을 맞이한다
그래서 변두리를 택한다
드넓은 변두리
쉽게 살 수 있기에
쉽게 집을 지을 수 있기에
하지만 넓게 벌리지 않는다
상대가 들어올까 봐
나 하나만 살 수 있는 폭으로
소심한 선택을 한다
쓸쓸한 변에서 적당히 살아간다

한 번씩의 기회
똑같이 주어지는 시간
사랑처럼
치열하든 치열하지 않든
결국 균형은 깨지고

어느 한쪽이 돌을 던지면
불계*로 끝이 난다
끝을 아니까
끝까지 갈 필요가 없다
새로 시작한 바둑은 또 이렇게 끝이 난다
모르는 사람과 두는 바둑은
서로를 모른 채 끝이 난다

새벽 3시
시작도 아니고 끝도 아닌
서성이는 시간

* 바둑에서, 승부가 뚜렷하게 나타나서 집의 수를 세지 않는 일.

11시 11분처럼

어린 풀들이 11시 11분처럼 곧고 반듯하게 자라난다 때
마침 하늘에서는 11시 11분처럼 곧고 반듯한 비가 내린
다 수도 없이 11시 11분들이 떨어진다 11시 11분과 같은
두 팔과 두 다리로 11시 11분처럼 나란히 한 곳을 응시하
며 곧고 반듯하게 걸어가는 사람들 곧고 반듯해서 너무
나 곧고 반듯해서 1처럼 고독할 때가 많지 1과 1이 만나
면 또 얼마나 고독해지는가 11시 11분 그 눈물겨운 시간
은 12시가 되기 위해 49분 동안을 째깍 째 깍 시간을 들
어올리고 꼭대기에 오르기 위해 산도 구름도 모른다는 그
아득한 꼭대기 12시에 이르면 저엄 점 아래로오 아래로
아아 아 허공을 밟으며 땅 구덩이로 떨어지는 토끼 아파
트 난간으로 내던져지는 텔레비전 이별의 통보를 받는 그
순간 그 아득한 추락 그러다가는 또 다시 다시금 꼭대기
를 향해 째깍 째 깍

그래 11시 11분과 같은 우리들은 12시를 꿈꾸지
저어기 45도쯤 하늘을 바라보며

모과나무 아래에서

시멘트 스물여섯 포대를 옮겨놓고 어느 담벼락에 뜨거운 등을 뉘었다. 담벼락 위로 친구처럼 푸른 잎사귀들이 손을 내밀어 나를 끌어올리려 했다. 싱글싱글 미소 지으며 머리카락을 하나씩 잡아당기는 잎사귀들과 눈썹과 귓속까지 들어와 곰살갑게 간질이는 햇살이 아주 어린 시절 이른 아침부터 놀자고 이름을 불러대던 해읍스레한 친구 녀석처럼 다정스럽고 사랑스러워 염치 모르는 도둑처럼 실금실금 집주인에게 들킬까 몰래 사립문처럼 소박하고 죄 없어 보이는 작고 낮은 문 안으로 들어갔다. 마당에는 키가 큰 모과나무가 집채와 담장까지 한 아름 줄기를 뻗고 있었다. 집주인은 마당 한쪽에서 작은 것들에게 물을 주고 있었는데, 그가 나를 내쫓을 사람이 아니란 걸 그의 등을 보고 알았다. 나는 모과나무 아래에 가서 땀과 시멘트 가루에 범벅이 된 몸으로 동화 속 소년처럼 누워버렸다. 하늘 아래 아늑한 모과나무 잎들 사이로 햇살은 수줍은 아가씨처럼 발그레한 얼굴을 숨겼다 내밀었다 숨겼다 내밀었다 했다. 모과들은 수도꼭지에 매달린 풍선들 마냥 파아란 하늘을 먹고 잘 자라나고 있었는데, 작은 개미 한 마리가 꼬물꼬물 팔뚝 위로 기어오르려는 것이었다. 나는

개미가 하도 다정스러워 이른 아침 놀자고 부르는 친구에
게 대답이라도 하듯 다정스레 시선을 주니 상체를 일으켜
이야기를 하는데, 이곳에서 꼭 10년을 살며 보았다는데,
해마다 시퍼런 모과들이 달리고 떨어지고 썩기도 하였다
는데, 집주인은 착실하게도 썩는 것은 그대로 썩도록 놔
두고 잘 여문 것은 주워다가 나중에 그 작은 씨앗들만 가
져와서는 땅속에 고이 묻어준다는 것이었다. 그러면 모과
나무는 밤마다 초승달 같은 자상한 눈을 하고는 거기에
서 빛줄기 같은 눈물을 씨앗들이 묻힌 곳을 향해 흘렸다
는데, 나는 개미의 이야기는 들리지 않고 문득 고향에 계
신 어머니가 떠오르며 뜨거운 눈물을 주루룩 흘리고 있
는 것이었다. 가만히 보니 새파랗게 어린 모과들이 사랑
을 속삭이고 있었다. 그 속삭임이 하도 곱고 아름다워 눈
물이 흘러내렸다. 그러면서 어머니 같은 모과나무 아래에
서 낮잠이 들어 가슴에서 초록 잎이 돋아나고 모과가 뭉
글뭉글 파아랗게 파아랗게 익어가는 꿈을 꾸었다.

나는 이제 니가 지겨워*

20년을 한결같이 사랑했다
싫어질 때도 있었고
너로 인해 지치고 힘들 때도 많았지만
아침에 눈을 뜨면 네 생각이 났고
하루의 힘든 순간순간마다
별들 아래 옥상에서
힘든 하루를 마무리할 때에도
너는 나와 함께 있어주었어

너의 희고 고운 입술에 입 맞추면
너의 몸은 점점 뜨거워지고
나는 날아갈 듯 황홀해졌다
너는 구름이 되고
나는 그윽하게 너를 바라보았어

너는 나의 청춘이었고 방황이었다
우리, 사랑할 만큼 사랑했다
세상에 그와 같은 사랑이 다시없다 해도
더 이상 서로를 그리워 말자

그리움을 사랑이라 말하지 말자
슬퍼하지 말자 서운해 말자
이제로부터 영원히
안녕
후
영영 안녕

* 배수아의 소설 제목.

나는 밤마다 별들을 걱정한다

언제부터인지
나를 부르지도 않고
소식조차 없는 나의 작은 별들
가만히 보니
아물아물 앓고 있다
바들바들 떨고 있다

시간을 돌리느라 시간을 계산하느라
밤새도록 태엽 감는 귀뚜라미는
시간이 너무 흘렀다고
별빛을 좋아하는 수리부엉이는
무언가를 견뎌내고 있는 듯 입을 꾹 다물고 있다
떨어지는 달빛에게 물어보니
서글퍼하는 표정뿐

우리의 한때를 기억하며 올려다본다
저어기 하늘가에 고여 있는 물웅덩이
웅크리고 자기 방에서 나오지 않는 카시오페이아
병에 걸린 거냐고

슬픔에 잠겨 있는 거냐고
힘을 내라고
빛을 잃지 말라고

속엣말을 엿들었는지
버들잎이 쓰다듬는 시늉을 해 보였다
안부를 전해주겠다며 가을바람 소슬히 지나가는데
눈을 감으니
아스라이 멀어졌다 다가오는
영롱한 빛들

2부

어느 날 네모 속에서

눈이 내린다
타닥 타닥
타이핑 소리에 맞춰
빌딩숲 사이로 바삐 내리는 하얀 글자들
명령과 지시에 복종하는 눈은
자유롭지도 평화롭지도

네모난 도시 속
네모난 메탈들로 쌓아올린 빌딩 속 네모난 사무실 안
네모난 칸막이 안에 들어가
꽃과 나비와 새소리를 차단하고
슬픈 생산에 열중한다
그 누구를 위한 것이 아닌
네모난 도시를 위한 고독한 생산
빠져나갈 틈 없는
빠져나갈 수 없는 네모에서
눈이 시리다

퇴근길 전철에서도 쉬지 않고

네모난 스마트폰으로
만날 일 없는 사람들과 안부를 묻고
가난한 나라에서 온
전쟁과 난민 소식
부자 나라에서 온
지금이 역사상 가장 좋은 때라는 요상한 소식
말라비틀어진 낙엽과 같은 뉴스들을
손끝으로 획획 넘겨버린다
네모난 전철 속
현대의 얼굴들은 어찌 저리도 가난에 절어 있을까
피둥피둥 살찐 얼굴 속 저 퀭한 가난들
고개를 떨구고 있다

가로등불 아래
비틀거리며 내리는 눈을 바라보며
문득,
나가고 싶어진다

2930년대를 타이핑하다

라디오에서는
키신의 연주가
흘러나오고
있었다
할 일이
없었다
그렇다고
평화도
밝음도
없었다

콧수염은
말을 잃고
먹구름이 지나가며
이마를 짚더니
알 수 없다 하였다
콧수염과 나와 먹구름은
먼 곳을
응시하였다
〉

백석에 관하여 쓰다

1930년대를 타이핑해야 하는데

2930년대를 타이핑하고 말았다

2930년대가 지나가고 있었다

하늘은 예전과 다름없이

곱고 푸른 살결과

빛나는 눈 하나를 잘 간직하고 있었다

어떤 흥미로운 소식도

아름다운 소식도

없었다

눈이 내리고 있었다

눈 속에서 어머니가

그곳에서도 한없이 자애로운 얼굴로 있었다

한쪽에서는 시인이 먼 곳을 바라보고 있었다

시인은 1930년대처럼 슬픈 낯빛이었다

오래전부터 그리워했던 얼굴들이 잠시 보였다

머나먼 슬픔

여전히 검푸른
응고된 밤의 한가운데

죽은 것인가
그저 오래된 것인가

먼지 쌓인 잉크통
Blue-blac 잉크

무한한 침묵과
밤바다 한가운데의 고독

낙태당한 사랑
절망한 아름다움

그 오래전
머나먼
슬픔

주문

카페에 앉아
기다린다
내가 주문한 메뉴가 나오질 않는다
삼십 분이 지나고 한 시간이 지나고
두 시간이 지났는데도 나오질 않는다

아무래도 안 되겠다
오늘은 나올 것 같지가 않다
누구한테 말해야 하나
어디에 말해야 하나
주문한 마음이
나오질 않는다고

우리를 스쳐간 것, 우리가 스쳐간 것

허연 쌀알 하나
서쪽 하늘에 떠 있는 저녁
한강변을 뛰다
길 한가운데에 멈춰서
깊은 생각에 잠겨 있는
작은 여치 한 마리 본다

나는 누구인가
나는 무엇인가
이 낯선 땅 위에 서 있는 낯선 가느다란 초록색 다리
스쳐 지나가는 이 바람은 또 어디에서 왔는가
우리는 또 어디로 가는가

나는 여치의 생각을 똑같이 따라하고
스쳐 지나가려던 바람도 잠시 머뭇거렸다

며칠 뒤
같은 시각 같은 자리에서
여치는 짓이겨져 있었다

나비가 날던 곳

아이들이 뛰놀던 곳

여치를 짓누른 무거운 것은 무엇인가

눈 내리는 곳으로
—베토벤의 월광 소나타는 흐르고

정해진 길로만 간다는 슬픈
기차를 탄다
서울발 해운대행
자정을 지나는 시각
불이 꺼지자 모두 잠이 들고
차창 밖 건물들도 집들도 잠이 들고
월광 소나타는 흐르고
저 멀리서 희미하게 흘러내리고
가여운 이들의 이마에 뿌려지고
슬픈 사연만 남아
하늘은 뿌옇게 상심에 잠기고
시력을 잃은 하늘은 지상으로
하얀 양털 같은 것을 뿌린다
추운 벌판 위에
가난한 지붕 위에
웅크린 고양이의 등 위에
강아지의 밥그릇 위에
그러다가 희뿌연 공중 저 너머

오랜 평화가 있다는 안드로메다로
방황은 하지 않을 것 같은 기차가
자유로이 날아가고
알퐁스 도데가 이야기해주었던
그토록 별을 사랑하였다는
프로방스의 양치는 목동이
부지런히 양털을 깎고
하얗고 보드라운 그것들은
月光이 흐르는 지상으로
곱게 곱게 내려오는 것이다
심장에 닿은 것처럼
그 광경을 지켜보는 내 눈에
뜨겁게 흘러내리는 것이다

나무의 아토피

나무는 밤마다 부러워하지
매끄럽고 윤기 나는 피부
끊임없이 발산하는 금빛 生氣
세균 병균 그 어떤 균도 있을 리 없는
한결같은 우월로 도도한 이마를 번쩍이는 달을

바람이 불면 가려움은 시작되고
낮이고 밤이고 가려움은 나무를 괴롭히지만
그 누구도 모르지
그의 푸름만을 부러워할 뿐
혼자 있을 때면
가려운 곳을 피가 나도록 긁으며
괴로워하는 줄
잘끈 눈 감으며 바람에 눈물 흩날리는 줄
진한 커피 수액과 담배 한 개비
그리고 한 줌의 성냥
가려운 가지들을 불사를
한 줌의 성냥이 절실하다는 것을
긁다가 긁다가 진이 나오고 딱지가 져

거칠고 두껍게 살갗이 변해가고
그렇게 가려움에 시달리다보면 잎들은 하나 둘
쏘옥 쏘옥 빠져나가고
그렇게 일평생을 시달리다보면
신경은 날카롭고 쇠약해져
새들의 소리조차 싫어진다는 것을

소의 눈처럼 순하게 검은 밤
바람도 잠잠한 때
별들은 사랑스럽기 그지없고
달무리 내려앉는 산등성이 바라보며
나무는 상상한다
우두둑!
결박된 뿌리를 힘껏 뽑아내
성큼 성큼 숲을 헤치고 산등성이 밟으며
뭍을 건너 건너서
저 지평선 너머
靑靑한 소금바다 속으로 첨벙첨벙 뛰어드는

권태로운

좁은 담장 위를 유유히 걷던 고양이
오페라처럼 우아하게
긴 하품을 한다
여자 무용수의 심혈을 기울인 한 동작처럼
등허리를 늘이고 앞다리를 쭈욱 뻗으며
작고 앙증맞은 입 속에
졸음을 한데 모아 굴리다가
온몸의 털을 곤추세우며
후드득,
권태로움을 털어낸다
조용한 오후의 골목은 엿가락처럼 늘어지고
목마른 겨울 햇살은 구석에 쌓인 눈을
조용히 핥고 또 핥고

겹겹이 포개진 지붕들 사이로
담배 피울 때만 보이는 우리 동네 백수청년 모모씨
부스스한 머리털을 만지다 참을 수 없는 하하 하,
품을 한다 이지러진 빛과 무성해진 잡초들이 뒤덮인
우울의 뜰을 열어젖히고

뻣뻣해진 어깨와 척추를 길게 늘이며
거품을 물고 밀려드는 권태와 피로를 입속에 한데 모아
박약한 각질들을 곧추세우며 후드득,
털어내려 하지만 잘 털어지지가 않는다
모모씨의 마른 눈에서 눈물이 난다
하품 때문에 눈물이 나고 눈물 때문에 또 눈물이 난다

까각, 까각,
전봇대 위에 까치
카메라 셔터를 누른다 그때
꼬리를 살풋 올리며 도도하게 걸어가는 고양이,
얄밉기도 하여라
위대하기도 하여라

하얘지는 밤

옥상에 올라가
달밤에 체조를 한다
둥글게 둥글게
달도 둥글게 둥글게
가늘고 가는 무수한 빛을
돌돌 말고 있다
한 가닥 내려오자
머리카락 한 올이
하얘진다
또 한 가닥 내려오고
한 가닥 내려오고
오래지 않아 머리가 하얗게 세어
백발이 되어버렸다
기억이 가물가물하다
이름이 생각나지 않는다
누구의 이름도 내 이름도
그 수많던 형용사도 동사도
슬픔도 근심도
세상 모든 일들이

하얗게 세어버렸다

알았던 사람들과
있었던 일들과
보았던 모든 것
모든 기억들이 깡그리
하얗게 사라진 뒤
남아 있는 한마디 말은 있어서
웅얼거려본다
엄 마

한 가닥 빛줄기가 되어
처음에 있었던 곳으로 올라가
감긴다
그 둥근 자리가
한없이 포근하다

슬픔을 사는 저녁

　귀갓길 오늘도 이따금씩 참새처럼 코옥 코옥 건드리고는 달아나던 무언가를 말하고 싶어하던 그 뭉클 몽클한 것이 모아두었던 낱알들의 곡식을 풀어놓듯 이야기들을 죄다 늘어놓는데 서울 공기처럼 촘촘하게 슬픔으로 짠 외투를 입은 어느 연둣빛 별에서 온 나약한 친구는 찾아와서 밤하늘색은 유난히도 오천 년 된 아버지들의 저녁색인 것이다 전철 바닥에 흐르는 희뿌연 빛이 대사 없는 저 배우들처럼 슬픈 티라노사우루스와 같이 내달리는 전철처럼 쳇바퀴 속에서 끊임없이 달리는 눈이 그렁그렁한 도시의 다람쥐들처럼 그러한 저 하나하나의 눈동자들처럼 나를 보며 울먹거린다 그러하니 지금 이 순간 신께서 나를 앉혀놓고 더없이 인자로운 눈으로 바라보신다면 어린아이처럼 투정을 부리고 싶은데

　환승하러 가는 길 머리카락 파는 사람을 본다 어느 제약회사 제품을 들고 한 남성이 검고 윤기 나는 머리를 뽐내고 있다 숨어 다니는 고양이들처럼 땅의 혈육 지렁이들처럼 나의 머리카락들 도시 어딘가에서 떠돌고 있을 것이다 교복을 입은 두 소녀가 까무러칠 듯이 웃는 광경을 본

다 옛적 그 많던 푸른 사과 꼭지 같은 싱싱한 웃음들을 어느 먼 곳 그 어디에다 잃어버리고서 어디쯤에선가 잊어버리고서 저 웃음을 부러워하는 것이다

　마을 입구에서 막걸리 파는 사내를 만난다 리어카에 가득 실은 하얀 막걸리통들처럼 검은 얼굴에 새하얀 이빨을 드러내며 막걸리 같은 말투로 아어씨 아어씨 하며 사람들에게 발효된 슬픔을 팔고 사고 있는 것이다 나는 그 광경에 조용히 동참하며 묻는다 당신은 환하게 웃으며 정말 슬픔을 팔고 있는 건가요 저 막걸리도 당신처럼 인생에 대해 많은 걸 알고 있나요 그럼 저도 한 사발 주시겠어요

고씨의 하루

뚜렷한 직장도 없고 할 일도 없는 그는
늦은 아침 뭉그적 뭉그적 집 밖을 나선다
햇살을 툭 툭 차며 참새들 옆을 조심스럽게 지나쳐 간다
가끔 눈만 깜박거릴 뿐 표정이 없다
저편에 아는 이가 눈에 띄자 멈칫 멈칫 몸을 낮추고 길
가로 조심스럽게 피해 간다

버스를 타고 도서관으로 향한다 이어폰을 끼고 오래된
음악을 듣는다
오래된 것들은 고씨를 안심시킨다
도서관에서 신문을 본다
세상은 혁명 중
세상과 멀리해야겠다고 다시금 다짐한다
도서관 구석에 앉아 책을 읽는다 어느 독신 여성의 이
야기
샌드위치를 사서 조용한 곳에서 혼자 점심을 먹는다
혼자 중얼거리며 걸어가는 제3세계에서 온 듯한 남자
를 보며 생각에 잠긴다
봄날인데 가을바람이 쉥하니 불고 간다

거리에 있는 사람들 낙엽처럼 쓸려갈 것만 같다

어둠이 골목골목 스며들 무렵 고씨도 좁은 골목길로 스
며든다
9시 뉴스가 나온다 통계청 발표에 따르면
결혼에 도전한 사람들의 실패율이 어쩌구 저쩌구
혁명은 가속도를 내며 달리고 있다고 한다
혁명이 본격가도에 접어들었다고 한다
독신혁명이 시작되었다고 한다
고씨는 오래 전 독신의 길을 택했다
고씨야말로 혁명전선의 선봉 주역이기에 표창을 받아
야 한다

창밖에 밤하늘은 어제와 다름이 없다
뚝 뚝 떨어져 있는 별들을 빗자루로 쓸, 쓸, 쓸어 담는다
바람이 분다
무언가를 속살거리듯 가슴에 가는 털들이 가볍게 흩어
진다
별들도 흩어진다

국수

퇴근길
가랑비와 함께 흐느적거리며 걷는다
가난한 아버지들의 구부정한 어깨를 하고
비처럼 한쪽 어깨는 사선으로 기울고
시한부 진단을 받고 나오는 사람처럼

헐거운 양복 헐거운 우산
헐거운 버스에 겨우 오른다
뾰족구두가 꾸욱
발을 밟고 지나간다
미안하단 말도 없이
언제나 그렇듯 미안하다는 말도 없이
그러거나 말거나
기둥 하나를 겨우 잡고
모든 걸 그만두고 싶은데
그럼 어쩌나
무얼 해서 먹고 사나
부모님 얼굴은 어찌 보나
그럼 어쩌나

그럼 어쩌나

집에 오자마자 쓰러져 잠이 드는데
한 시간쯤 자고 일어나니 허기는 찾아와
국수를 끓인다
하얀 소면이 끓고
착하디착한 연약한 국수를
따듯한 국물에 말아
후룩 후룩
후루루 후루루
아

기운이 좀 난다
이제야 좀 살 것 같다
조금은 더 견딜 수 있을 것 같다

흐물흐물한 국수 가락이
나를 일으킨다

전철에서

전철은 베토벤의 악보처럼 대지의 아래로 운행하고
사람들은 무거운 도시의 땅을 떠받히고 목적지로 향한다
신문의 삭막한 글자들은 말벌 떼처럼 공포스럽게 날아
다니고
칼과 방패를 들고 서로 싸우며 사람들의 입속에서 씹힌다
씹히고 씹고 씹고 씹히고
쇳조각처럼 딱딱하고 거칠고 맛없는 글자들
절벽에 새겨진 것처럼 바람이 만들어낸 저 얼굴들
검은 독수리와 같은 시선들은 내게로 와서 눈과 심장을
쪼아댄다
눈은 토끼의 눈처럼 울어버리고 싶어지고
심장은 참새의 심장처럼 가녀리게 파닥거려 눈을 감고
가슴을 웅크린다
다리를 꼬고 있는 옆자리 중년 남자 그의 얼굴만큼이나
번쩍거리는 그의 무례한 구두가 미안하다는 말도 없이 나
의 다리를 건드린다
멧돼지처럼 육중하여 검은 양복이 터질 것만 같고
양주 같은 지독한 스킨 냄새는 가까이 오지 말라고 명
령한다

62

그는 의대와 법대 가라고 명령하는 아버지다

불법체류 외국인 노동자의 잘린 손가락을 보상해주지 않는 사장이다

여직원에게 커피 심부름을 시키며 성추행하는 직장 상사이다

국회의원이다 정치인이다 사기꾼이다

이러한 생각들을 하니 그 주위에 있는 사람들이 슬플 것 같아서

언젠가 그도 여기에 있는 사람들처럼 슬플 것 같아서 나도 슬퍼지려 한다

그는 공덕에서 내린다

부처님을 배신하기 위해 부처님이 되기 위해 공덕에서 내린다

한 여인이 사슴처럼 슬픈 눈을 하고 긴 목을 드리우고 어두운 유리창에 기대어 있다

여인의 눈에는 작은 웅덩이가 있어

금방이라도 슬픈 사연이 주루루 흘러내려 하나의 강을 이룰 것만 같다

나는 미친 사람처럼 가슴을 내어주고 싶어진다

경계

표정 없는 얼굴로 창백한 얼굴로 상투적인 아름다움으로 눈이 떨어지는 동안 이제는 지겹다는 듯 사람들은 가까운 곳을 응시하였다 꽃 필 무렵인데 며칠 동안 날이 흐렸다 재미와 감동을 주지 못하는 사람들 때문에 스태프들은 태업 중* 노랑고양이는 쇼펜하우어의 표정으로 고뇌의 포즈로 벽돌 속에서 안식이 아닌 그저 멈춤의 상태로 지냈다 많지 않은 나이지만 이제 다 늙어버린 노랑고양이 며칠 동안 벽돌 틈 사이에서 꼼짝 않고 시력을 잃은 지휘자처럼 눈을 감고 예민하게 수염을 움직거리거나 타다 남은 양초처럼 잘린 꼬리를 곤추세웠다 눈은 떨어지는 대로 다 시들어버려 감동 없는 세상을 적실 뿐 흐린 글씨로 사연을 보낸다 불안은 꽃을 병들게 한다고 노랑고양이를 위한 신청곡 브람스 교향곡 4번 2악장

* 영화 〈트루먼 쇼〉의 내용을 떠올려 봄.

3부

잠만자는방있읍니다

골목길 안 초록색 대문
'잠만자는방있읍니다'
추위에 떨며 한데 모여 있는 글자들
'습'의 옛 추억인 '읍'을 간직한 채.
잠만, 오로지 잠만
아침부터 밤까지
씻고 먹고 생각하기도 거부하고
오직 잠만 자야 하는 방

잠을 깨울까 조심스럽게 낮은 도 음으로 문을 두드린다
집주인은 병명을 모르는 병자와 같은 얼굴을 하고 있다
빛을 등지고 있는 어둑한 정원
푸름을 잃은 줄기와 잎들
작은 새들은 노래를 부르지 않고
도도한 척하면서도 불안을 숨기고 있는 고양이는
깊은 숙면을 취하고 있다

말 그대로 잠만 자는 방이지요 잠 이외에 어떤 것도 해
서는 안 됩니다 주제 없는 장편의 근심이나 슬픔 따위로

습기가 차서 곰팡이라도 생기거나 방이 무거워져 균열이
라도 생기거나 하면 곤란하지요 그리고 되도록이면 친구
나 티비 컴퓨터 핸드폰은 피해주세요 당신을 더욱 외롭게
만들 뿐이니까요 이 방은 오로지 잠만 자는 방입니다 그
래서 방세도 싸지요 대신 방음과 빛 차단은 확실히 해드
립니다 보세요 단단하고 견고한 벽이지요
　　주인의 입에서는 오래된 눅눅한 낙엽 냄새가 났다

　　거실 벽 중앙에는
　　'잠이 너희를 자유케 하리라'

거미줄

거미줄에 걸렸다
빠져나갈 수가 없다
발버둥 칠수록 엉기어 붙는다
무겁고 갑갑하다
거미가 있었구나
몇 날 며칠을 바둥거려보았지만 그럴수록
더욱더 달라붙는 거미줄
생각에 잠긴다
어떻게 빠져나갈 것인가
하늘은 파란데
어두운 거미줄 감옥에 갇혀
꼼짝을 못한다
방도가 없다
이러다간 생을 송두리째
빼앗겨버리게 생겼다
거미는 보이지 않는다
어디에선가 지켜보고 있을 테지
거미와 싸워서 이길 수 있을까
거미는 무서운 존재다

도망칠 수밖에
거미는 자신의 뜻대로
서서히 절망하게 만들고
서서히 포기하게 만들 것이다
그러다 결국
허물만 남게 될 것이다
허물이 알맹이를 내어줄 것이다

거미의 나쁜 마음에 대해 생각한다
사악함과 음모
아니다 아니다
거미는 거미일 뿐
거미는 어디에나 있다
거미는 거미의 일을 할 뿐
거미줄은 거미의 생리일 뿐
문제는
문제는…

이대로 있을 수만은 없다

마지막 힘을 모아 안간힘을 다해
뜯어내고 벗겨내고 뜯어내고 벗겨낸다
아, 드디어 탈출에 성공
이제 되었다
휴우
잠에 빠져든다

햇살을 맞으며 잠에서 깨어난다
그런데 거미줄이
거미줄이 나오고 있다
내 몸에서

토끼풀 소녀

몸이 앙상한 북방의 소녀는
토끼풀 덤불 위로 쓰러졌다
토끼풀을 한 움큼 집어
씹고 또 씹고
목구멍으로 넘어가지 않는 토끼풀을
얼마나 입속으로 집어넣었을까
뜯겨진 토끼풀처럼 시든 몸으로
옥수수밭으로 기어들었다
굶주린 짐승을 위한 옥수수 알은 어디에도 없었다
소녀는 이내 옥수숫대처럼 텅 빈 몸을 길게 뉘었다
옥수숫대를 드나들던 바람이
소녀의 몸을 지나갔다
몇 가닥 남지 않은 가느다란 숨을 내쉬며
소녀는 무엇을 떠올렸을까
가까운 슬픔이었을까 먼 데의 아름다움이었을까

궁들이 무너져 내려요

수많은 궁들이
세상에 그 수없이 많은 궁들이
무너져 내리고 있어요
지금 이 순간에도
어디에선가
붉은 눈물을 흘리며
붉은 비명을 지르며

베르사유 궁전보다
알함브라 궁전보다
천하룻밤의 이야기가 있는 궁전보다도
세상의 그 어떤 왕실과 귀족의 궁전들보다도
신비롭고 아름다운
완벽의 음악과 완벽의 평화와 완벽의 시간이
푸름처럼 존재하는
그런 더없이 완벽한
어떤 위험도 어떤 절망도
그 어떤 불안과 작은 두려움조차도 없는
〉

그런데,

그런데…

어느 날 예고 없이

이유 없는 형벌이 찾아와

이슬처럼 옅은 몸이 순식간에

싹 둑 싹둑

사지가 잘리고 찢기고 바스라지는

소리 없는 비명

아무도 모르게 철저히 비밀스럽게

끔찍한 살육, 살해가 벌어져요

어떤 죄를 지었길래

어떤 큰 잘못을 저질렀길래

그 어떤 심각한 죄명이길래

이러한 사실을 알고 있는

세상의 모든 푸름들과

푸름을 사랑하는 옅은 마음들은

눈물을 흘리고

세상의 모든 찢기고 부서진 궁들이
그칠 줄 모르고
흘러내려요

그렇게 매일같이 궁들이 무너져 내리고
푸름은 빛을 잃어가도
세상은 너무나
너무나도 조용해요

쥐

쥐에게 자유를 준 지 오래
여전히 숨어 다니고
더럽고 악취 나는 곳만을 찾아다니고
어두운 죄수복을 입고
어디선가 비밀스런 모의를 하고 있다

쥐에게 평화를 준 지도 오래
앙다문 뾰족한 입
강퍅한 성미와 스트레스로
치열은 고르지 못하고
신경증 환자처럼
쪼그라든 눈을 이리저리 굴리며
불안의 빛이 번득거린다

쥐에게 자유를 준 지 오래
평화를 준 지 오래
쥐는 여전히
검은 뿌리 하나 달고 다닌다

솔방울들의 사연

언덕길을 오르다 멈춰 선다
소나무숲 소나무에
솔방울이 있어야 할 곳에 쥐가
방울 방울 매달려 있다
폐가된 듯 어두침침한 곳에
몸 웅크리고 기운 없이
덩그맣게
붙어 있다

그러고 보니 저것들
집 나간 쥐들이다
실종된 쥐들이다
집 나간 쥐들이 여기에 모여
말없이 이야기를 하고 있다
말할 수 없이 슬픈 주제를 가지고

숨소리만 들어도 알 것 같다
얼마나 부지런히
낟알의 곡식들을 모아들이고

좁다란 골목과 악취 나는 도랑으로
쉴 새 없이
꼬리가 닳도록 뛰어다니고
고양이의 앙칼진 발톱을 피해
이름 모를 누군가의 이유 없는 미움과 몽둥이질을 피해
술래에게 들키지 않으려는 아이처럼
작게 더 작게 움츠리고 숨어 다니며
세상 눈치 보며 살아야 했는지
달빛 조용히 내려앉는 밤이면
가난한 집 천장에서 몰래 몰래
한 올 한 올
달빛으로 해진 옷을 누비며
아름차게 아름차게
그들의 삶을 지켜왔는지

마치 어느 조용한 곳에서
지난 20세기를 회상하는
어머니 아버지들처럼

허기

자정 넘어 맥도날드
2층 창밖으로 보이는 허연 더미
리어카에서 우르르 쏟아지는 쓰레기봉투들
허기를 채우기 위해
채워도 채워도 채워지지 않는
그 깊은 허기를 달래기 위한
슬픈 소비의 흔적들
쌓이고 쌓일수록
나의 허기도 깊어진다

쟁반에 버거 세트 두 개를 가져와서
고개를 푹 숙이고 먹는 젊은 남자
노틀담의 꼽추처럼 등이 굽고 덩치가 크다
쓰레기 더미 커질수록
굽은 등은 더욱 단단해지고
거리의 추운 바람이 등을 쓸고 지나간다

허연 봉투 안에 꽁꽁 싸여 있는 저 허기들
얼마나 답답할까

얼마나 허기질까
얼마나 허무할까
조심스레 다가가
묶여있던 봉투를 살며시 풀어본다
거품처럼 거리에 흩어지는 허연 허기들

겨울밤은 그저 춥기만 한데
새해가 되니 어깨는 조금 더 기울어지는데
살며시 풀어본다
내 안에 더미를
이 허옇고 가엾은

냉장고 안에는*

냉장고 안으로 들어가니 영화관처럼 캄캄했다 오래된 어둠이 있었다 그 안에 있는 것들 숲속에서 불청객을 만 난 짐승들처럼 나를 경계했다 차가운 눈빛과 창백한 얼굴 들을 안심시키기 위해 온유한 눈빛을 만들어 보였다 내가 사는 도시만큼 비좁은 네모 속 쪽방 같은 구석자리에 웅 크렸다 옆자리에는 저녁 밥상에서 보았던 멸치들이 중풍 병자마냥 딱딱하게 누워 오지 않는 잠을 청하고 있는 듯 하였는데 그중 하나가 기운 없는 목소리로 보 고 싶 다 고 한다 수많은 멸치 떼들 중에서도 꼭 엄마하고만 붙어 다 녔다는데 갑자기 그의 작은 눈에서 짜디짠 바닷물이 왈칵 쏟아질 것만 같았다 사연을 다 듣지 않았는데도 자유하 였던 그의 생애가 파도처럼 밀려와 허연 물보라가 일었다 윗층에서는 영양결핍인 듯 허연 버짐이 군데군데 피어 있 는 해읍스레한 달걀들이 엉글벙글 마냥 좋아하는 것이었 다 안아달라 업어달라 놀아달라 졸라대니 정신이 하나도 없었는데 그중 하나가 울음이 터져 그칠 줄 모르고 점점 더 서럽게도 우는 것이었다 눈물이 그 옅은 몸을 다 녹일 것만 같아 닦아주고 닦아주었다 한참 동안 그들과 놀아 주다 다시 오겠다는 약속을 하고 수도꼭지를 손가락으로

틀어막듯 눈물샘에 힘을 주며 겨우 그곳을 빠져나오는데
당근과 양파도 할 말이 많다는 듯 못내 서운한 표정을 짓
고 있었다 오래된 김치 냄새보다 더 시큼한 무언가가 몸
에 흠뻑 배어 있었다

* 김승희의 시 「달걀 속의 생 2」를 모티브로 함.

붉은 여왕 독개미와 공주개미의 사연

어머니,
어머니에게 독이 있어요?
그래
사람들이 어머니를 죽이려 해요
어머니를 없애야 한다고
왜지요?
아무 잘못 없는 우리 어머니를
고귀하신 우리 어머니를
어머니, 제게도 독이 있나요?
아니
나는 살기 위해 독을 품은 거다
너희에겐 물려주지 않았어
너희들은 그냥 개미야
순진무구하고 어여쁜 나의 개미
어머니는 왜 독을 품으셨어요?
나도 너희들처럼 예쁘고 순수한 때가 있었단다
그땐 아무것도 모르고 그저 세상이 아름다운 줄만 알았지
하지만 세상살이가 어디 마음대로 되더냐
너희들을 낳고 키우며 독을 품게 되었지

사람들은 모르지 내가 왜 독을 품게 되었는지

어머니, 이제 우리는 어디로 가나요?
꼭꼭 숨어야 한다
사람들 눈에 띄면 안 돼
우릴 잡으러 오면 독을 쏠 수밖에 없어
그러니 눈에 띄지 않도록 꼭꼭 숨어야 해
자, 어서 가자
어디로요?
저 아래 깊은 곳으로
어둡고 추울 거야
하지만 나를 믿어라
이 에미를
자 이제 들어가자꾸나

핥아주세요

핥아주세요
그런 거 말고요
흘러내리고 있어요
아이스크림처럼
누가 저를 좀
제 몸을 좀
핥아주세요

이마에서 얼굴로 목에서 가슴으로
허벅지에서 발목까지
아
후
아
흘러내려요
찐득거려요

그런 생각은 말아요, 하긴
욕망은 자연스러운 거죠
거세당했다고요?
아, 욕망이요
〉

뜨거운 밤
낮보다 더
바깥도 마찬가지
달이 흘린 땀으로
공기까지 찐득거려요

갈 데도 없어요
밤엔 누구나 가난한 집으로 돌아가야 하잖아요
가난하지 않은 집도 있겠죠
그런 곳도 있겠죠
열대야는 얼마나 낭만적일까요
그들에겐

영원히 계속될 것 같은
찐득거리는 짜디짠
이 여름을
이 몸을
이 현대를
누가 좀 핥아주세요

사라지고

노틀담 성당은 불타고
낙태죄는 사라지고

온몸에 피 칠을 하고
검은 연기에 휩싸여
붉게 피어오르는 첨탑

지붕 위에 천사들은 날아가고
죄는 사라지고
사라지고
사라지고
대성당의 낭만만 남아

애기도라지 꽃술보다도 작은 발가락들
흔적 없이 사라지고
누구도 울어주는 이 없는데

불꽃은 피어오르고
봄꽃들은 아름답기만 한데

셴 강변에 남아 있던 한 천사는 눈물을 훔치고
사람들은 무엇에 눈물 흘리나

창밖은 흐리고
새들은 보이지 않고

이 기분으로는 도저히

롯데리아 2층에서 커피를 마시고 있는데 두 사내아이가 엄마와 함께 옆자리에 앉았다. B사감*처럼 생긴 엄마는 검은 머리를 곱게 빗어 뒤로 묶고 검정색 뿔테 안경을 쓰고 있었다. 무엇 때문인지 아이들은 잔뜩 기가 죽어 있고 엄마는 엄하고 매서워 보였다. 잠시 숨을 고르더니 엄마가 여섯 살쯤 돼 보이는 작은 아이를 혼내기 시작했다. 너! 아까 조금만 참을 수 없었니? 한번 이야기 좀 해봐. 그때 꼭 그렇게 말을 해야 했어? 조금만 참을 수 없었니? 아이는 어두운 낯빛으로 고개를 떨구고 있었다. 한 5분쯤 나무라는 말은 계속되었고 아이는 단 한마디도 하지 못했다. 다음은 큰 아이 차례. 여덟 살쯤 돼 보이는 아이는 이럴 땐 어떻게 처신해야 하는지 잘 알고 있다는 듯이 한마디 대꾸도 하지 않고 반성의 표정을 잘 지어 보임으로써 엄마의 잔소리가 길어지지 않게 하였다. 너희들 뭐 먹을래? 아이들은 재빨리 답하지 않고 조금 망설인 뒤 자신들이 원하는 메뉴를 조심스럽게 말하였다. 이제 끝났나 싶었는데 엄마는 잠시 먼 곳을 응시하더니 이렇게 말하는 것이었다. 이 기분으로는 도저히 못 먹겠다. 너희들도 그렇지? 아이들은 어리둥절하고 난감해하며 선뜻 말을 하지 못했다. '이 기분으로는 도저히'라니, 튀어나오려는 웃음을 꾹 참았다. 엄마가 집에 가서 햄버거 만들어줄게. 알았지? 잘 드러나지는 않았지만 몹시 실망하는 아이들의 표정을 읽을 수 있었다. 잠시 뒤 아이들은 엄마를 따라 아래층으로 내려갔다. 아이들은 좀 안됐지만 나는 아이들의 엄마에게 박수를 보냈다. '이 기분으로는 도저히'라니…

* 현진건의 소설 「B사감과 러브레터」의 주인공.

자정의 꽃집

희미한 황색 불
아늑한 고요
화장기 없는 청순한 얼굴로
고개를 살짝 돌리고
잠들어 있는 꽃들

그런데 바닥에
입술이
붉은 입술이
떨어져 있다
창가에 다가섰을 때 아주 잠깐
입들 오므리는 것을 본 것 같기도

주인 없는 불 꺼진 꽃집만큼
조용하고 아무 일 없는 곳은 없다고 생각하겠지만
조금 전까지만 해도
사람 가득한 카페처럼
무수한 말들이 오갔는지도 모른다
〉

소리일까 향기일까 색일까
꽃의 말은
지금도 발화 중인가
늙음처럼 죽음처럼

아침에 주인이 문을 열고 들어오면
떨어진 잎들에 대해
부쩍 수척해진 모습에 대해
영문을 몰라 하겠지
꽃에 대해서는 잘 안다고 생각하는 주인은
물을 적셔주어야겠다고 생각하겠지

꽃들의 침실로
조심스럽게 들어간다
바닥에 떨어진
아직 온기가 가시지 않은
옅은 입술에
가만히 귀를 대어본다

페어필드 호텔

페어필드 호텔 19층에는 내 아내가 산다
아내의 방은 도시 반대편 쪽에 있다
숲과 기찻길만이 보인다
일곱 개의 레일과 음울을 덮고 있는 풀숲

아내는 오랜 시간 혼자였다
아내의 생애와 함께해 온 고독
나는 오랫동안 아내를 외롭게 두었다
고독만이 아내 옆에 있어주었다
아내는 가끔 내 옆에 와 있다
고독으로

슬픔조차 말라버린 방에서
벽은 견고하고 창백하다
그 벽처럼 아내도 점점 더 견고하고 창백해진다
아내가 어떤 상태인지 알고 싶지만
밖으로 나오지 않는다
만나주지 않는다
〉

나는 아내를 돌봐주지 못했다
아내도 나를 돌봐주지 못했다
우리는 한동안 연락을 취하지 않아
연락하는 방법을 잊었다
아내는 모든 걸 알고 있을까
고백건대 나는 아내를 사랑한 적이 없다
그저 갈망했을 뿐이다
사랑을
아내를

기차 소리가 들리면 두꺼운 암막커튼 사이로 창밖을 내
다본다
일곱 개의 레일과 일곱 개의 슬픔
계절처럼 밤낮처럼 기차는 지나다닌다

아내는 나를 사랑하지 않는다
아내는 자신도 사랑하지 않는다
아내는 지중해를 사랑한다
한 번도 본 적 없는 지중해를

한 번도 본 적이 없기에

나는 아내를 모른다
아내가 어디 있는지 모른다
그런데 내 아내가 페어필드 19층에 산다고 말한다
내 아내는 남편이 없다고 말한다
남편이 어디 있는지 모른다고 말한다
그럼에도 우리는
서로를 동반자라 칭한다

페어필드 호텔 19층에는
나를 비롯해 아무도 보려 하지 않는
내가 잃어버린
우리들이 잃어버린
격리된 세계가 있다
끝없는 무력한 갈망이 있다
내 안에는

희망 사절

지하도 한 켠
박스 안
옅은 어둠이
어둠을 덮고
누워 있었다

어둠이 쉬는 곳
절망의 쉼터
희망을 강요하지 못하도록
희망이 쫓아오지 못하도록
이곳까지 왔으니
더 이상 희망을 강요하지 마세요
죽을힘을 다해 살았잖아요
희망은 얼마나 고단한가요
희망은 얼마나 쓰디쓴가요
나를 찾지 말아요 더 이상
희망을 희망하지 않아요

4부

오셔요*

감춰두었던 소리를
너는 좁은 골목 어디쯤에서
끄집어낸다
ㅇ ㅇ ㅇ

어두운 밤이다
너는 이제 골목에서 나와
지붕 위를 지나다닌다
신사의 지팡이 같은 꼬리로 허공을 짚으며
낚싯줄 같은 수염으로 달빛 시위를 가볍게 당기며

너는 흐트러진 밤의 머리카락들을
꼬리로 곱게 쓸어
안락한 적요를 만들고
투명한 음계를 밟으며
사뿐한 걸음으로
감춰진 ㅇ 소리를
상처 주는 각진 소리가 아닌
가볍고 부드러우며

98

무엇으로도 채워질 수 있는
ㅇ 소리를
그 암호화된 비밀스러운 ㅇ들을
공중에 띄워
ㅇ ㅇ ㅇ
지붕 위를 떠다니고
하늘을 날아다니고
유리알처럼 혀 속으로 들어와
미끌거리기도 한다

가까이에 있는
있다가도 없고 없다가도 있는
그 고요하고 보드라운 것을 기다린다

오셔요
ㅇ ㅇ ㅇ을 타고

* 한용운의 시 제목을 차용.

초콜릿 먹는 시간

수술대에 선 의사의 손으로
숨죽이며 사냥감을 노리는 맹수의 눈으로
얼음땡 놀이처럼 세상을 잠시 멈추게 하고
빛도 바람도 소리도 멈추어라!

의식을 치르듯 한 꺼풀 한 꺼풀
벗겨낸다
고 작고 앙증맞은 입으로
한 입 한 입 오물오물
녹인다
세상의 모든 행복을
행복의 정수만을 빨아들인다

아무것도 침범할 수 없는 이 시간
깨물었던 자리를 세심하게 관찰하고
얼마나 남았는지 가늠해본다
어느 연구자의 눈이 이리도 진지하게 빛날까
초콜릿이 다 사라질 때까지
손에 묻은 것까지 입에 묻은 것까지

혀끝에 남아 있는 것까지
모두 사라진 다음에야 비로소
동공이 풀린다
모든 신경계가 살아난다
먼지가 일어나고 소리들이 깨어나고
심장박동과 함께 전철이 흔들린다

죽은 쥐

골목길을 지나다 죽어 있는 쥐를 보았다 바람도 지나가기를 귀찮아하는 좁다란 골목길 오래된 코트를 입고 쓰러져 있는 쥐 21세기에 웬 쥐란 말인가 죽은 쥐처럼 끔찍한 것이 또 있을까 하며 쓴 약 먹은 인상을 지었다 둘째 날 여전히 쥐는 그곳에 있었다 장사 지내줄 이도 조문 올 이도 없지만 참새도 고양이도 어디쯤에서 슬픈 포즈를 취했으리라 재빠르게 골목을 빠져나가는데 거미줄처럼 찝찝한 것이 엉기어 붙었다 셋째 날 비가 내리고 있었다 처억처억 빗물이 쥐에게 때려 붙고 화선지에 먹물을 흩뿌린 것같이 빗물이 골목으로 검게 번져나가고 있었는데 검게 그을린 고단한 세월이 씻겨나가는 것만 같았다 넷째 날 지붕 위로 담벼락 위로 햇살은 헝클어져 있고 대머리독수리처럼 포악해 보이는 파리들이 쥐의 옆구리에 달려들고 있었다 가만히 보니 창에 찔린 예수처럼 옆구리에 상처가 나 있었다 나는 구레네 시몬*처럼 억지로 십자가를 지듯 롤케익이 담겨 있던 투명 플라스틱통을 주워 와 쥐를 넣고 뚜껑을 닫아 쓰레기봉투에 아주 조심스럽게 넣었다 플라스틱통은 관이 쓰레기봉투는 상여가 되어주었다 쥐의 장사는 그렇게 치러졌다 이제는 쥐가 없는 골목을 빠져나

와 하늘을 올려다보니 새하얀 구름들이 착하게도 떠 있는
데 저어기 저기 희고 깨끗한 구름을 밟으며 평화롭게 신
나게 어디론가 가고 있는 것이었다

* 예수님이 십자가를 짊어지고 가다가 매를 맞아 쓰러졌을 때 예수님을 대신하
  여 십자가를 짊어져 준 구레네 사람 시몬.

모든 것들의 위로

너와 함께 지낸 시간이 밤이 되어
보드라운 겨울밤
삶을 송두리째 위로하는
눈이 내린다
모든 것들의 위로

너와 걷던 길목에서
너는 푹푹 쌓이고
어느덧 고요해진 너의
그 하얀 맨살을
맨 처음으로 만져본다
차갑고 따스하다

폭
안기어본다
언제나처럼
나를 감싸 안아준다
머리부터 발끝까지
나의 무늬가 너에게 새겨진다
〉

모든 것들의 위로
그렇게 왔다가
그렇게 사라져간다

빵 굽는 손

모두가 집으로 돌아가는 밤
절거덕 절거덕
무거운 생들을 싣고 가는 지하철
어디선가 나는 구수한 냄새
사내의 손에서
빵이 구워지고 있다
평화로운 아기 냄새가
전철 안 그득한 죄들을 용서한다

사내의 손에는 걸어온 길이 검게 패어 있다
그 기름진 손으로
시간에 기름칠을 하며
정형외과 의사처럼 기계의 뼈를 만지고
아내의 살결을 어루만지고
작은 숨결 하나 만들어냈을 터
지상에서 가장 먼 곳으로부터 온
연약한 숨결 하나
숨결 둘, 숨결 셋
그 숨결들 지켜내기 위해

사내의 손은 더욱 검게 패어갔을 것이다

희고 부들부들한 아이들을 기다리는 시간
새벽의 젖을 응고시킨 말캉말캉한 버터
아침햇살 주워 담은 새하얀 설탕
구름 속에서 퍼 온 강력분 중력분
절거덕 절거덕 반죽되고
말랑말랑한 아이들이 쌔근쌔근 숨을 쉬면
부풀어 오르는 발효의 시간
오븐에서 잘 익어가는 아이들의
까르르 까르르 웃음소리

하늘의 계단을 밟고
띵동!
문이 열리고 향기가 진동한다
팔에 안기는 잘 익은 아이들이 따끈따끈하다

비추이다

하늘이 뿌연 날
사람들도 얼굴을 보여주지 않고
하얀 마스크를 쓰고 병자처럼 길을 걷는다
숲길 저만치에서
죽은 새를 위한 연도煉禱일까
참새들이 한데 모여 기도문을 외고 있다
하얀 날갯짓이 잎들을 흔들고 지나간다

오래된 나무 밑동에 작은 구멍 하나
웅크리지 않고 벌어져
작은 것들이 드나들 수 있는 옹이구멍
동화책의 한 페이지처럼
도토리 두 알이 나란히 놓여 있다

앞자리에 앉은 희끗희끗한 파마머리
고뇌하는 베토벤 풍의 남자
붉은 펜으로 퇴고하는 원고는
오늘도 무거움을 견뎌내고 있다
무명작가들로 인해 도서관은 가장 먼저 기울어 저녁으

로 가는데

  저만치 구석에 앉아 책을 읽는 분홍색 스웨터를 입은
중년의 여인

  책장을 넘기는 손에서 낙엽이 바스라진다

  차곡차곡 쌓인 고뇌들을 뒤로한 채 다시 숲으로 가는데

  가던 길에 작은 돌멩이 하나를 손에 쥐어본다

  늦가을 저녁 종로 거리를 거닐던 어떤 여자의 뺨처럼
차갑다

  저만치 던지려다 추워질 것 같아 풀숲에 가만히 놓는다

  도토리 두 알은 그대로다

  새처럼 쪼그리고 앉아 가만히 들여다본다

  알맞은 문

  알맞은 도토리

  더없이 알맞은 숲

  집을 비운 다람쥐의 눈이

  나의 흐린 눈에

  잠시 머무는데

달과 요구르트

달이 그리워
환하게 떠 있는 저녁달이 그리워
밖으로 나선다
동네 기찻길을 걷는다
고맙게도 달이 있다
사랑스런 나의 달
요구르트에 빨대를 꽂고 마신다
금세 요구르트가 가벼워진다
어느새 달에 빨대를 꽂고
달은 요구르트가 되고
오렌지가 되고
복숭아가 되고
한여름 코코넛이 된다
세상의 모든 달콤한 것이 된다

오아시스에서 등에 물을 채우는 낙타
잠시 오아시스를 바라보다가
오아시스만큼 아름다운 건 없다고 한다
검은 눈동자 속에서 오아시스가 반짝거린다
〉

달을 등지고 집으로 돌아가는 길
"엄마! 달려! 달! 저기 달!"
달을 잡으러 가겠다고 엄마의 손을 끄는 아이,
아이의 눈 속에서
달 조각들이 춤춘다
노란 모자를 쓴 아이들이
달에서 뛰놀고 있다

별들이 둥근 젖을 빨며
곤히 빛나고 있다

맥도날드 노부부

매일 아침 7시
맥도날드 강동구청점에는
고요가 흐르고 그 위로
많은 회상의 풍경들이 지나간다

노부부는
오래 그래왔듯이 리드미컬하게
같은 시간 같은 자리 같은 메뉴
같은 각도에서
창가를 바라보며 커피를 마신다

아주 이따금씩 오가는 한두 마디의 말
이내 창밖을 바라본다
볕이 좋은 날이다
볕이 닦아놓은 새하얀 길 위로
사람들은 바삐 지나가고
바쁠 것 없는 노부부의 창밖에는
새하얀 도화지 위에 익숙한 풍경들이
가만가만 그려진다

풍경이 피었다
사그라들고
피었다 사그라들고
모든 것은 일순간에 피었다
일순간에 사그라든다
지난 생의 풍경들이다
많은 말이 필요치 않다
말없이도 풍경은 뜨겁고 충분히 아프다
어떤 말이 필요하고 어떤 말이 필요치 않은지
부부는 너무나 잘 알고 있다

시선이 오래 머물렀다
백년쯤 지난 것 같다
부부는 잠시 안부를 나눈다

홍옥

한 사람이 지나기에 적당한
좁고 구불구불한 길
헐은 벽으로 둘러싸인 누추한 골목길
쥐구멍처럼 작은 구멍가게
늙은 남자 주인은
구부정하게 뒷짐을 지고
온종일 셈을 한 수학자의 눈으로
좌판을 응시한다
진열된 홍시의 개수를 세고 또 세고
한평생 백 원 이백 원의 이문을 남겨온
그의 눈은 속일 수 없다
주름진 이맛살에 묻어 있는 구차함들처럼
충성스럽게 진열된 물건들에 묻은 먼지를
보석을 세공하듯 조심스럽게 닦는다
조명이 무대를 비추면
구차함들은 어둠 속으로 사라지고
붉은 홍옥은 더욱 탐스럽고 관능적으로 빛난다
매혹과 생기가 흐르는 홍옥에
마음을 빼앗겨

그곳에서 가장 값비싼 홍옥을 산다
그 완벽한 무대 위에
늙은 주인의 눈빛이 촘촘히 박힌
붉고 반들대는 그 탐스러운 완벽의 세계 하나를
조심스럽게 집어 든다

어찌하랴 그 재능을

전철을 기다리며 혼잣말을 하는 덩치 큰 청년을 본다
만화 캐릭터인 듯
손가락을 쥐락펴락
여러 가지 모양을 만들며
작은 소리로 절제된 동작으로
역할을 바꿔가며 연기를 한다
전철에 타 자리에 앉아서도 그러고 있는데
사람들은 어떤 사람인지 안다는 듯이
모른 체하며 그러려니 하고 있다
그런데 나만큼은 진정으로
감탄을 하고 있는 것이다
성우 뺨치는 목소리와 연기력
특히 고양이 우는 소리와 경찰관 연기
무언가를 꾸미고 모의하는 범죄자 연기는 가히 압권
넘치지도 모자라지도
생략된 내용은 적당한 긴장감을 주고
멀찍이 앉아 있어 자세히 들을 수 없는 것이 아쉬웠는데
운 좋게도 그가 일어나 내 옆쪽으로 와서 섰다
모른 척하며 귀를 쫑긋 세웠다

전철 안은 비밀스러웠고
각자 맡은 연기를 잘하고 있었는데
그의 재능만이 빛나고 있었다

더 이상 어리지 않은 어린왕자의

사실들이 사라져버린
먼 우주에서 마주하는 공허

깊은 회한에 잠겨 무수한 별들을 바라본다

내가 사귀었던 모든 것들을 잃어버렸다
오직 기억만이 있을 뿐

꽃은 시들고
아예 사라져버리고
바람도 멈추어 선 지금

처음처럼 다시 혼자 서 있다
깊은 잠을 자야 한다
스스로 깰 수도 누군가 깨울 수도 없는
아득한 잠

이제 행성도
나와 함께 사라질 시간
〉

그런데
쉬 잠들지 못할 것이다
내가 사귄 것들
잎사귀들처럼 다시 살아나고
이야기는 멈추지 않을 테니까

죽지 않는 나무처럼
우리의 이야기는

서정 안으로 들어갑니다

오솔길 어디쯤에 손때 묻은 나의 오래된 책들이 군데군데 꽂혀 있습니다 내가 만났던 사람들도 이곳저곳에 놓여 있습니다 슬퍼지려 하자 안개가 자욱해집니다 한편에서는 비가 내리고 또 한편에서는 달에서 백조 몇 마리 내려와 낯익은 담벼락 너머 작은 방 안으로 들어갑니다 달궁 창가로 눈이 떨어집니다 소복이 소복이 보드랍게 보드랍게 소리 없이 사랑은 쌓여만 갑니다

내가 만난 사람들은 힘겹고 외로웠습니다 세상은 사람들을 움직였고 나 또한 움직였지만 알고 보면 아무것도 아니었습니다 여기서는 모든 것이 용서가 됩니다 견뎌낼 필요도 없고 기다릴 필요도 없습니다 누구든 만날 수 있고 만나지 않을 수도 있습니다 언제든 생겨나게 하고 없앨 수도 있습니다

시냇물이 햇빛과 함께 개구지게 흐릅니다 모든 웃음들이 다 그 안에 있습니다 저만치에서는 얼굴이 하얀 그녀가 챙이 넓은 모자를 쓰고 나무 밑에 서 있습니다 내가 알던 사람들은 다 외로워졌습니다 외로워져서 혼자가 되었

120

습니다 저만치에서 누군가 울면서 뛰어갑니다 내가 두고
온 사람입니다

　작은 새들이 노는 곳 어디쯤에 당신의 무덤이 있습니다
무덤에서 당신을 꺼냅니다 오래 혼자였던 당신은 여전히
작고 보드라운 손으로 눈물을 닦아줍니다 무덤 속으로
들어가 당신 옆에 기대어 잠이 듭니다 보드라운 어둠 속
에서

　자 이제
　당신 차례입니다

고백

결국,
꽃들이
만발하였다

우리는 언제쯤
사랑을
고백할 것인가

집중하는 문장 혹은
'서정'의 아득한 풍경으로 들어가기

박성현(시인/문학평론가)

1

우리가 '시'에 대해 확언할 수 있는 사실이 있다면 이것
이다; 시에는 시인이 포착하고 내면화했던 '세계'가, 환원
될 수 없는(혹은 '환원되기를 거부하는') 고유한 언어-이
미지로 결집해 있다. 중요한 것은 작품에 각인된 언어-이
미지들은, 그것이 산출된 원(原)-세계로 환원되지 않는다
는 것이다. 이미 '세계'를 둘러친 관습의 단단한 암막(暗
幕)을 찢어냈으며, 또한 '세계-내-존재'들의 기계적 의미
작용을 멈추고 새로운 '의미-출현'의 가능성을 타진했으
므로 원-세계는 의미를 잃어버릴 수밖에 없다. 이 언어들
의 시선은 먼 바다를 향해 있다. 수평선 너머로 키를 고정
하고 돛을 펼친다. 검은 구름과 폭풍이 몰려와도 멈출 수
없다. 목적지로의 도달 여부는 고려할 사항이 아니다. 순

수한 확장 그 자체로서의 언어가 항해의 여정을 결정한다. 이제 남은 것은 매혹되는 순간의 도래다.

여기서 우리는 시가 세계의 균열이자 방향 전환임을 알 수 있다. 황혼을 등지고 날아가는 새의 길고 긴 울음을 듣거나 낮의 열기를 밀어내며 서서히 가라앉는 밤의 집요함을 보라. 거기에는 증식하는 '힘'이 있다. 미세하면서도 뚜렷한 '실존'이 있으며, 삶을 지속시키는 '생기'가 있다. 바로 그곳이 시의 언어들이 향한 '장소'이자 살아 움직이는 육체의 '성소'라 해도 틀리지 않는다. '결집'이라는 말 자체로써, 시에는 일상의 수런거림에서부터 그것을 말소하는 죽음에 이르기까지의 광범위한 현상들이 꿈틀거리고 경계를 넘어서며 외연을 무력화시키는 강렬한 확장-욕망이 있다. 강건늘 시인의 경우 이러한 경향이 매우 뚜렷하다. 미리 말하지만, 세속화된 일상과 그 '세속'의 구원이 만들어낸 '헤테로토피아'가 이를 반증한다.

확실히 시-언어와 함께 발현되는 이 '이미지'는, 언어라는 상징형식이 시인의 감각에서 보편적 사유로 전이되는 '공간'이라는 점에서 시인과 세계가 상호 교집하는 (이런 말이 가능하다면) 배타적인 장소. 대상 혹은 '사건'으로 방향키를 돌렸던 시인이, 자신의 내면으로 삽입되는 이미지들을 스스로 이념과 의지에 따라 선택하고 배제한 결과라는 점은 두말할 필요가 없다. 따라서 우리는 시인이 생산하는 어떠한 언어-형상도 이 장소와 무관할 수 없으며 오히려 장소에 부가된 '내밀함'이 문장의 생명력을 배가시킨다는 점을 잊어서는 안 된다. 이를테면, 시인은 "이글거리는 태양의 손짓을 닮은 플라타너스 // 쏟아지는 태양과 함께 너울거리는 플라타너스 // 더 이상 벌어지지 않는 손을 펼치며 // 누군가를 자꾸만 부르는 플라타너스"(「플라타너스」)라 노래하면서 '플라타너스'를 태양의 작열(灼熱)을 병치하면서 그 미세한 너울거림까지도 '너'의 언어로 초월한다. 세계가 시인의 언어-이미지를 통해 자신을 스스로 멈추게 하고 돌려세우며 능동적인 주체로의 전환을 도모하는 것이다.

2

강건늘의 시는 세계를 멈춰 세우고 세계에 새로운 형상을 일궈내면서 그것을 단숨에 내파(內波)하는 언어다. 일상을 돌려세우고, 그 자리에 사원과도 같은 첨예한 균열과 공백을 만들어낼 수 있다는 이유만으로도 그의 시는 우리 삶을 고양하고 활력을 불어넣는 가치를 가진다. 일상의 작위적이고 무의미하며 때에 따라서는 치명적일 수 있는 이 '의미-없음'들은 그의 시 속에서 "둥근 달 안에 / 흩어진 직소퍼즐 조각들 / 바람이 하나씩 하나씩 끼워 맞추고 있다"(「달아나는 밤」)는, 생경함으로써 우리를 놀라움으로 이끄는 문장으로 재배치된다.

하지만 더욱 중요한 것은 이러한 '재배치'를 통해 시인은 생(生)의 근본적인 문제를 환기한다는 것이다. 언어를 운용하는 것이니만큼 시인에게는 자신의 문장이 얼마만큼 대상을 위로하고 치유할 수 있는지가 관건이다. 곧 세속으로 침잠하는 세계를 멈추고 바로 그 자리에 구원의 성소를 세우는 일이 핵심인 것. 적어도 시인의 감각에 응결된 이 '세속'은 "온몸에 피 칠을 하고 / 검은 연기에 휩싸여 / 붉게 피어오르는 첨탑"(「사라지고」)과도 같다. "그저 오래된 것"이고 "죽은 것"이며, "낙태당한 사랑"이자 "절망한 아름다움"이다(「머나먼 슬픔」). 죽을힘을 다해 살았지만 "오로지 잠만 / 아침부터 밤까지 / 씻고 먹고 생각하기도 거부하고 / 오직 잠만 자야 하는 방"(「잠만자는방 있읍니다」), 혹은 "희망을 희망하지 않아요"(「희망 사절」)라는 문장에 꽉 채워진 '권태'와 '무기력'이다.

이러한 사태에 맞닥뜨리면서 시인은 끊임없이 "죽은 새를 위한 연도煉禱"(「비추이다」)를 외우는 것이다. 물론 이 '연도'는 '상상하다'라는 동사를 통해 더 적실히 구체화되며 사태의 앞길을 예비하는데, "나무는 상상한다 / 우두둑! / 결박된 뿌리를 힘껏 뽑아내 / 성큼 성큼 숲을 헤치고 산등성이 밟으며 / 뭍을 건너 건너서 / 저 지평선 너머 / 靑靑한 소금바다 속으로 첨벙첨벙 뛰어드는"(「나무의 아토피」)과 같은 문장에 잘 나타나는 것처럼 '너머'라는 새로운 길을 닦아내는 것이다.

또한 이 상상은 '죽은 쥐'의 장례라는 다소 불편한 문장들과 동행하면서 세속의 겹을 벗겨내려는 시인의 이념과 의지를 분명히 한다. "쥐의 장사는 그렇게 치러졌다 이제는 쥐가 없는 골목을 빠져나와 하늘을 올려다보니 새하얀 구름들이 착하게도 떠 있는데 저어기 저기 희고 깨끗한 구름을 밟으며 평화롭게 신나게 어디론가 가고 있는 것이었다"(「죽은 쥐」). 뿐만 아니다. 그는 마치 주문을 걸 듯 "저어기 하늘가에 고여 있는 물웅덩이 / 웅크리고 자기 방에서 나오지 않는 카시오페이아 / 병에 걸린 거냐고 / 슬픔에 잠겨 있는 거냐고 / 힘을 내라고 / 빛을 잃지 말라"(「나는 밤마다 별들을 걱정한다」)며 대상에게 속엣말을 건네기도 하는데, 이 모든 과정은 사물들에 깃든 원-이미지로의 회귀가 아닌 '다시 쓰기'라는 무한 확장의 시작(詩作)이 아닐까. 요컨대 "집 잃고 떠도는 글자들"(「실종」)을 불러 모아 세계를 배타적으로 확인하는 것 말이다.

3

그러므로 강건늘의 시는 집중하는 문장이다. 그의 의지와 지향은 일상에 뿌리내리거나 일상과의 동화를 추구하지 않는다. 그의 언어는 미끄러지고 일탈하며 끊임없이 너머를 확인하고 딛고 일어선다. "한 사람이 지나기에 적당한 / 좁고 구불구불한 길 / 헐은 벽으로 둘러싸인 누추한 골목길 / 쥐구멍처럼 작은 구멍가게"라 할지라도 그곳은 순수한 확장을 실현해내는 "완벽한 무대"를 꿈꾸며, "충성스럽게 진열된 물건들에 묻은 먼지를 / 보석을 세공하듯 조심스럽게 닦"아내는 집중을 통해 마침내 "붉고 반들대는 그 탐스러운 완벽의 세계 하나"(「홍옥」)를 만들어낸다.

　다만, 시인이 강렬하게 이끌렸던 그 세계는 "젊은 시절 엄마의 블라우스처럼 봉긋 봉긋 그 사이로 / 발가벗은 천진한 태양의 아이들은 몸을 숨기며 술래잡기를 하"(「재봉사가 초록 위를 지날 때」)던 곳이면서 동시에 어디에도 존재하지 않는 신비한 '페어필드 호텔 19층'과도 같다. 시집 전체를 관통하는 이 기묘한 감정들은 곧 '멜랑콜리'와 '주이상스'의 이중적인 데칼코마니다. 유년의 핵으로서 과거의 어느 순간에는 존재했지만, 지금은 그 흔적조차 완전히 잃어버린 '헤테로토피아'의 충일성은 시인에게 지속적인 시 쓰기의 감정과 욕망을 밀어낸다. 하지만, 시인 자신도 잘 아는 바, 그곳을 언어로 정밀하게 복원하기는 불가능하다. 불가능하기 때문에 '감정'과 '욕망'은 계속 '허기'로 미끄러질 수밖에 없다. "내 안에 더미를 / 이 허옇고 가엾은"(「허기」) 허기는 이제 시인을 뒤덮고 그로 하여금 "끝없는 무기력한 갈망"을 밀어내게 한다.

　바로 여기에서 시인의 문장은 더 큰 세계를 향하게 된다. 시인은 시 쓰기를 통해 세계를 다시 쓰고자 하는 욕망을 거듭 확인하며, 시작의 동력인 이중 감정에 둘러싸인 채 문장을 전개한다. 이것이 시인에게 찾아왔던 당신의 얼굴들이며 그 표정 하나하나가 음각된 '오솔길'의 불가

해한 서정이다.

　　페어필드 호텔 19층에는
　　나를 비롯해 아무도 보려 하지 않는
　　내가 잃어버린
　　우리들이 잃어버린
　　격리된 세계가 있다
　　끝없는 무력한 갈망이 있다
　　내 안에는
　　　　　　　　　—「페어필드 호텔」 전문

　여기서 '페어필드 호텔'이 상기하는 실재는 (그것이 무엇이든, 차라리 존재하지 않는다 해도) 큰 의미는 없다. 그 단어는 시인에게만 내재된 순수한 기표이다. 시인도 무지한 것이니 "나를 비롯해 아무도 보려 하지 않"았다 해도 누구를 탓할 필요는 없다. 문제는 시인이 그 기표를 "내가 잃어버린 / 우리들이 잃어버린 / 격리된 세계"로 정확히 기술하고 있다는 점이다. 원시를 박탈당한 우리들에게 그것은 "끝없는 무력한 갈망"(멜랑콜리)이면서 동시에 그 세계를 재정립하는 순간의 환희(주이상스)의 가능성이다.

　사정이 그렇기에 그 세계가 담아내는 풍경은 침묵보다 깊고 무겁다. "말없이도 풍경은 뜨겁고 충분히 아프"(「맥도날드 노부부」)면서도, "여전히 숨어 다니고 / 더럽고 악취 나는 곳만을 찾아다"(「쥐」)니는 것이다. 오래 서성거리다 못해 "나 하나만 살 수 있는 폭으로 / 소심한 선택을 한다 / 쓸쓸한 변에서 적당히 살아"(「바둑 두는 새벽」)가 겠다는 결심할 때도 있다. 하지만 시인에게 타협은 생리에 맞지 않는다. 어딘지 모르게 답답하고 속이 탄다. 그는 분명 "가까이에 있는 / 있다가도 없고 없다가도 있는 / 그 고요하고 보드라운 것을 기다"(「오셔요」)리는 것인데도 본능적으로 멀고 쓸쓸하기 때문이다. 이 좌표가 전환점이다. 여기에서 우리는 시인이 집중하고 견디어야 했던 까닭을 알게 된다.

> 시간은 냉정합니다
> 오늘도 밤은 길지 않겠지요
> 하지만 견뎌내야 하지요
> 당신을 볼 수 있는 시간은 딱 이만큼입니다
> 어떤 해답도 없고
> 그저 빛나고
> 빛나는 것을 바라볼 뿐입니다
> ―「달님이여」 부분

강건늘 시인의 집중과 견딤은 오로지 '당신'이라는 타자 때문이다. 물론 이 까마득히 먼 존재에는 타자 외에도 '눈부처'라는, 존재가 내면화하고 완성한 '나'라는 주체도 포함된다. 주체란 항상 타자가 만들어내는 자기-자신임을 상기하자(라캉). 시인은 타자와 타자-속-의 자기 자신

130

을 동시에 내면화하며 이 주체가 시간의 불가역성을 극복하고 시인의 삶을 다시 일으켜 세우는 윤리적이며 미학적인 주체가 될 것이다.

시인은 '시간은 냉정하다'고 말한다. 시간 자체는 감정이 없다. 다만, 시간은 주관과 단단히 얽혀 있으므로 각자의, 개별적인 시간만 있다. 어떤 면에서 시계라는 도구를 사용해 객관적으로 측정할 수 있는 시간이 오히려 추상일지 모른다. 미래를 균등하게 배분한다고 해도 우리는 각자의 상황에 따라 그 흐름을, 방향과 속도와 무게를 다르게 판단한다. 따라서 "시간은 냉정합니다"라는 문장의 함의는 다음과 같다. '시간의 흐름을 그 누구도 막을 수 없다'는 것. 시간은 한없이 냉정하고 오늘 밤도 길지 않겠지만, 그럼에도 불구하고 시인은 당신을 볼 수 있다는 이유하나만으로 그 '시간'을 견딘다고 고백한다. 여기서 '당신'이란 "그저 빛나고 / 빛나는" '달님'으로 형상되고 있지만, 정확히는 시인을 사로잡은 '아름다움'의 순수한 결정체임은 한눈에 알 수 있을 것이다. 그 모든 냉정한 시간을 무력화시키면서 그는 견디는 것이고 '견딤'으로써 자신에게 피어나는 '황홀'을 맞이한다.

특이하게도 달은 '요구르트'나 '오렌지', '복숭아', '코코넛' 등으로 물질화되지만, 그럼에도 불구하고 그 이면에는 여전히 어린아이와 같은 순수함을 잃지 않았다. 요컨대, "어느새 달에 빨대를 꼽고 / 달은 요구르트가 되고

/ 오렌지가 되고 / 복숭아가 되고 / 한여름 코코넛이 된다 / 세상의 모든 달콤한 것"으로 대체되지만, "달을 잡으러 가겠다고 엄마의 손을 끄는 아이, / 아이의 눈 속에서 / 달 조각들이 춤춘다 / 노란 모자를 쓴 아이들이 / 달에서 뛰놀고 있다"는 순수함의 결집을 망각하지 않는다(「달과 요구르트」). 이것은 느리고 장중하며 멈추지 않는 서사다. "쉬 잠들지 못할 것이다 / 내가 사귄 것들 / 잎사귀들처럼 다시 살아나고 / 이야기는 멈추지 않"(「더 이상 어리지 않는 어린왕자의」)는다는 것. 따라서 그는 "어떤 해답도 없고 / 그저 빛나고 빛나는 것"을 바라볼 수 있다. 시인의 이념과 의지는 윤리와 미학이 교차하는 장소가 된다. 세속화된 자기 자신으로부터 그 세속화를 멈춰 세우고 여전히 남아 있는 인간의 원초적 순수함을 이끌어내는 문장들은 충만한 '헤테로토피아'로써 '위로'와 '구원'의 메시지다.

너와 함께 지낸 시간이 밤이 되어
보드라운 겨울밤
삶을 송두리째 위로하는
눈이 내린다
모든 것들의 위로

너와 걷던 길목에서
너는 푹푹 쌓이고
어느덧 고요해진 너의

그 하얀 맨살을
맨 처음으로 만져본다
차갑고 따스하다

폭
안기어본다
언제나처럼
나를 감싸 안아준다
머리부터 발끝까지
나의 무늬가 너에게 새겨진다

모든 것들의 위로
그렇게 왔다가
그렇게 사라져간다
　　　　　　　—「모든 것들의 위로」 전문

　　그 '집중'이란 자기 자신에게 향하거나 '너'라는 타자로
향한다. 방향이 어느 곳이든 그 무게와 강도는 만만치 않
다. 자기에게 향할 때는 성찰의 목소리로 변형되고, 타자
로 향할 때는 구원이라는 종교의 순수한 이념으로 바뀐
다. 그 어느 것도 '윤리'의 자장 속에서 충일한 언어다. 그
러므로 시인은 "너와 함께 지낸 시간"에서 "보드라운 겨
울밤 / 삶을 송두리째 위로하는 / 눈"을 사유한다.
　　겨울밤이다. 칼바람이 지나간 자리마다 얇고 깊으며 날

카로운 상처가 명징하다. 그 '밤'은 당신과 함께 걸었던 옛날이, 그때의 감정 그대로 남아 있다. 게다가 눈이 내리면서 모든 지상의 삶을 송두리째 위로하는 것이다. 눈은 거침없다. 대상을 향해 공평하게 내리고, 더할 나위 없이 공평하게 쌓인다. 시인은 '눈'을 보고 만지면서 '너'를 본다. "너와 걷던 길목에서 / 너는 푹푹 쌓"인다. 옛날처럼 가까이 다가가서는 "어느덧 고요해진 너의 / 그 하얀 맨살을 / 맨 처음으로 만져본다." 손끝에 닿는 눈의 감촉은, '너'의 하얀 맨살과도 같이 차갑고도 따스하다. 옛날처럼 폭 안긴다. 너는 언제나 그러했던 옛날처럼 "나를 감싸 안는다."

옛날처럼, 시인이 '너'에게 스며들 때 '너'는 한 가지 확실한 형상을 만들어낸다. 그것은 "머리부터 발끝까지" 나의 형상이다. 네가 새긴 '나의 무늬'다. 눈이 내린다. 칼바람에 찢겨간 상처들 위로, 수줍은 지붕 위로, 골목과 잡목림과 먼 가로등 불빛 위로 눈은 내리는 것이다. 시인은 그 눈에서 자기 자신의 얼굴과 감정과 흘러내리는 눈물을 본다. 옛날처럼, 지금도 '너'는 나를 감싸면서 나의 모든 시간들을 일으켜 세운다. 세상의 모든 '나'의 위로 눈은 "그렇게 왔다가 / 그렇게 사라져" 가는 것이다. 아니다! 그것은 사라지지 않고 간직하는 것이며 끝없이 스스로를 확장한다. 지금은 사라지고 없는 '헤테로토피아'가 과거의 냄새와 분위기, 온도와 습도를 간직하면서도 전혀 다른 장소(혹은 사물)로 미끄러지듯이. 이를테면, "모두가 집으로 돌아가는 밤 / 절거덕 절거덕 / 무거운 생들을 싣고 가는 지하철 / 어디선가 나는 구수한 냄새 / 사내의 손에서" 구워지는 '빵'의 이미지로써 "지상에서 가장 먼 곳으로부터 온 / 연약한 숨결 하나 / 숨결 둘, 숨결 셋 / 그 숨결들 지켜내기 위"한 '사내의 손'이며(「빵 굽는 손」), 퇴근길의 가난한 아버지들의 고된 노동과 허기를 채우는 "착하디착한 연약한 국수"(「국수」)이자 '모과'처럼 "뭉글뭉글 파아랗게 파아랗게 익어가는 꿈"(「모과나무 아래서」)이다.

4

시는 시인의 문장을 펼치는 '배타적인 장소'라는 점에서 세계의 '균열'이자 '방향 전환'이다. 세속을 돌려세움으로써 위로하고 그것을 통해 구원에 이르게 하는 힘이기도 하다. 여기서 우리는 '균열'과 '방향 전환'을 이렇게 비유할 수 있겠다. 일상어가 다다르지 못한 사물의 '이면' 혹은 다락방에 스며들어 그곳과 완전히 동화된 얇은 어둠으로, 현실(세계)을 또 다른 현실(세계)로 직립하는 장소로서 말이다. 숨겨져 있지만 시인의 예리한 시선에 포착되고 시어로써 형상되는 즉시 우리를 향해 그 문을 연다. 그리고 가시적인 모든 것은 단숨에 비가시적인 영역으로 확장되면서 시의 언어 아래에서 자신의 빛과 그림자를 펼친다.

물론 시인의 언어가 세계와 맞닥뜨리게 되기까지 수많은 고통과 상처를 인내해야 한다. "초콜릿이 다 사라질 때까지 / 손에 묻은 것까지 입에 묻은 것까지 / 혀끝에 남아 있는 것까지 / 모두 사라진 다음"(「초콜릿 먹는 시간」)을 기다려야 한다. 그래야만 비로소 동공이 풀리고 모든 신경계와 소리들이 깨어난다. 강조하지만 여기에서 시인은 세계와 자신의 경계를 발견하고, 시 문장을 통해 세계를 세계-속-에서 내파한다.

5

흥미롭게도 강건늘 시인은 시로 갈라 쳐진 세계의 전후를 '사과'에 비유한다. 나무에서 맺히고 열린 사과의 익어가는 시간과 영문도 모른 채 땅에 떨어져 굴러다니는 멍든 사과의 시간이 그것이다. 좀 더 세밀하게 말하자면, 나무의 시간은 사과의 원-이미지(A)이고, 땅에서의 시간은 세속-이미지(B)다. 그리고 다소 모호하게 나타나지만, 절망의 시간은 사과의 '확장하려는 의지'가 강렬하게 스며든 경계로서 확산과 매혹의 문턱(A/B)이다.

세상의 모든 사과들이
우루루
일제히 떨어져
굴러다니고 있네

이를 어쩌나
이를 어쩌나

말도 못하고
비명도 지르지 못하고
자신들도 어찌할 바를 모르고
멍이 들고 멍은 깊어가고

과수원 농부들은 망연자실
빈 바구니를 든 처녀들은
내 것이 모두 사라져버린 절망에
하염없이 눈물이 흐르고
아
사과를 잃어버린 것은 세계를 잃어버린 것
하나의 세계는 그렇게 하루아침에 사라져버리는 것
　　　―「세상의 모든 사과」부분

　사과들이 있고, 그 사과들은 자신의 위치와 상황에 따
라 단호하게 양분된다. 하나는 "나무에서만 자란 사과들"
로 명명되며, 다른 하나는 "우루루 / 일제히 떨어져 굴러
다니"는 사과들이다. 전자는 나무와의 일체감 속에서 사
과의 원-세계를, 후자는 땅에 떨어져 멍이 들어버린, 세속
화된 존재를 상징한다. 뚜렷이 양분되는 이 경향들은 사
과들이 짊어져야 할 잠재된 현실이겠지만, 모든 주름이
한꺼번에 펼쳐지듯이 일제히 낙과하는 현상은 그로테스
크하기만 하다.
　위 시에 인화된 현실은 상당히 불편하다. 주체가 주체
로서 세계에 참여하지 못하고 자본주의 시스템에 따라 수

동적인 입장을 취할 뿐이다. 빈 바구니를 든 처녀들과 과수원 농부들이 "말도 못하고 / 비명도 지르지 못하고 / 자신들도 어찌할 바를 모르고" 망연자실한다. 그 이유는 (사과들에) 잠재된 세계가 그 수많은 다수의 가능성을 버렸기 때문인 바, 모든 사과가 일제히 떨어져 땅바닥에 굴러다닐 수밖에 없는 '단독'(one)의 상황은 무엇보다 폭력적이다.

한편, "사과를 잃어버린 것은 세계를 잃어버린 것"이나 "하나의 세계는 그렇게 하루아침에 사라져버리는 것"이라는 문장에는 시인의 성찰이 담겨 있다. 사과들에 내재한 그 모든 가능성들이 사라진, 또한 자본주의 시스템의 강력한 작용으로 단순화되어버린 현실의, 그 어처구니없는 위악(僞惡)을 정확히 바라보고 그것을 정화하려는 직관 말이다. 인용되지는 않았지만, 후반부에 "지구는 돌고 / 사과는 굴러다니고 / 이유 없는 노동이 시작된 것 / 끝도 모를 노동이 시작된 것"이라는 문장이 이어지는데, 시인의 현실에 대한 비판은 절망으로 더 깊어진다. 하지만 악화가 진행될수록 양화의 폭발력은 더욱 커지기 마련이다. 세계가 내파되는 순간은 차곡차곡 쌓인다.

문제는 내파의 순간이 '언어'를 매개로 한다는 점이다. 언어-속-에서, 그 언어를 딛고 일어서는 새로운 현실-이미지들은 생기로 가득한 〈지금-여기〉의 기분과 감정과 사태에 집중함으로써 세계를 예기할 수 없는(혹은 관망

할 수 없는) 방향으로 바꿔버린다. 가령, "넓은 평지의 그녀가 몸을 웅크리자 / 등마루에서 산맥이 나오고 티그리스와 유프라테스가 생겨났다 / (중략) / 여인의 몸에서 푸른 무늬들이 일어나 아름다운 숲을 만들었다"(「우리는 둥근 세상 속에 살고 있다」)라는 마법과도 같은 문장이나 "어린 풀들이 11시 11분처럼 곧고 반듯하게 자라난다 때마침 하늘에서는 11시 11분처럼 곧고 반듯한 비가 내린다 수도 없이 11시 11분들이 떨어진다 11시 11분과 같은 두 팔과 두 다리로 11시 11분처럼 나란히 한 곳을 응시하며 곧고 반듯하게 걸어가는 사람들"(「11시 11분」)의 칼로 새긴 듯 명징한 이미지의 문장과 함께, "마을 입구에서 막걸리 파는 사내를 만난다 리어카에 가득 실은 하얀 막걸리 통들처럼 검은 얼굴에 새하얀 이빨을 드러내며 막걸리 같은 말투로 아어씨 아어씨 하며 사람들에게 발효된 슬픔을 팔고 사고 있는 것이다 나는 그 광경에 조용히 동참하며 묻는다 당신은 환하게 웃으며 정말 슬픔을 팔고 있는 건가요 저 막걸리도 당신처럼 인생에 대해 많은 걸 알고 있나요 그럼 저도 한 사발 주시겠어요"(「슬픔을 사는 저녁」)라는 화해와 치유의 문장이 그것이다. 물론 강건늘 시인의 내파는 이미 짐작했을 것이지만, '서정'이라는 다소 의외의 장소에서 폭발한다.

오솔길 어디쯤에 손때 묻은 나의 오래된 책들이 군데군데 꽂혀

있습니다 내가 만났던 사람들도 이곳저곳에 놓여 있습니다 슬퍼
지려 하자 안개가 자욱해집니다 한편에서는 비가 내리고 또 한편
에서는 달에서 백조 몇 마리 내려와 낯익은 담벼락 너머 작은 방
안으로 들어갑니다 달궁 창가로 눈이 떨어집니다 소복이 소복이
보드랍게 보드랍게 소리 없이 사랑은 쌓여만 갑니다

　내가 만난 사람들은 힘겹고 외로웠습니다 세상은 사람들을 움
직였고 나 또한 움직였지만 알고 보면 아무것도 아니었습니다 여
기서는 모든 것이 용서가 됩니다 견뎌낼 필요도 없고 기다릴 필요
도 없습니다 누구든 만날 수 있고 만나지 않을 수도 있습니다 언
제든 생겨나게 하고 없앨 수도 있습니다

　시냇물이 햇빛과 함께 개구지게 흐릅니다 모든 웃음들이 다 그
안에 있습니다 저만치에서는 얼굴이 하얀 그녀가 챙이 넓은 모자
를 쓰고 나무 밑에 서 있습니다 내가 알던 사람들은 다 외로워졌
습니다 외로워져서 혼자가 되었습니다 저만치에서 누군가 울면서
뛰어갑니다 내가 두고 온 사람입니다

　작은 새들이 노는 곳 어디쯤에 당신의 무덤이 있습니다 무덤에
서 당신을 꺼냅니다 오래 혼자였던 당신은 여전히 작고 보드라운
손으로 눈물을 닦아줍니다 무덤 속으로 들어가 당신 옆에 기대어
잠이 듭니다 보드라운 어둠 속에서

　자 이제
　당신 차례입니다
　―「서정 안으로 들어갑니다」 전문

오솔길 어디쯤 다다랐을 때, 시인은 자신의 오래된 책들이, 그 손때 묻은 빛바랜 페이지들이 가득한 언어들을 본다. 시인이 만났던 사람들도 분명한 기분과 감정으로 이곳저곳에 놓여 있다. 책들은 냄새와 색깔과 모양으로써 명징하다. 사람들은 마치 영사기를 돌리는 듯 움직이다가 멈추고, 다시 움직이고를 반복한다. 책과 사람들을 바라보는데, 문득 시인은 자신이 걷는 이 오솔길이 세상에는 단 하나뿐인, 그러나 자기 자신 외에는 아무도 알지 못하는 세계의 이면(혹은 다락방)이 아닐까 하는 생각이 들기 시작한다.

그렇게 생각하니, 안개에 갇힌 천변(川邊)처럼 슬프기만 하다. 삶은, 죽음과 더불어 혼자 걷는 길이지만 그 '혼자'는 무한한 다수일 것인데, 고독 속에서 곁을 내주며 서로 나누는 것인데 오솔길을 걸으면 걸을수록 시인의 '곁'에는 오로지 단절과 고립만 있을 뿐이다. 안개가 자욱하다가도 비가 내린다. 맑은 밤에는 달에서 백조 몇 마리 내려와 날아다니고 때로는 눈이 소복이 쌓이기도 한다. 사위는 유리처럼 투명하며 손에 닿으면 깨질듯하지만, 모두 나와 상관없다는 듯 저 홀로 아득하다. 이것이 "내가 만난 사람들은 힘겹고 외로웠습니다"라는 문장의 정처다. 그 오솔길은 시인만이 걷는 게 아니라, 모든 개인들이 저마다 거리를 두고 혼자 걸어야 하는 길이다. 누구든 자신만의 죽음에 기대어 걸어가야 한다. 따라서 알고 보면 아무 것도 아니며 그러기에 누구든 만날 수 있고 만나지 않을 수도 있지 않은가.

그러나 길을 걷다보니, '나'는 결코 '혼자'가 아님을 절실하게 깨닫는 순간이 온다. 저만치서 "시냇물이 햇빛과 함께 개구지게 흐"르는 것이 보인다. 맑고 청량한 소리는 마치 세상의 모든 웃음같이 가깝다. 사랑하는 연인도 얼핏 보인다. 그녀의 직립은 아름답지만 외롭다. "내가 알던 사람들은 다 외로워졌습니다 외로워져서 혼자가 되었습니다"라는 문장이 내포하는 것처럼 혼자기 때문에 외로운 것이 아니라, 외롭기 때문에 혼자다. 길에는 '당신의 무덤'도 있다. 무덤 속에 잠든 당신을 꺼내 두런두런 얘기를 나눈다. 오래 혼자였지만, 당신은 작고 보드라운 손으로 내 눈물을 닦는다. 비로소 곁이 생기고 나는 "무덤 속으로 들어가 당신 옆에 기대어 잠"이 든다. 어쩌면 '곁'이란 이미 내게 있던 것일지 모른다. 왜냐하면, 나는 처음부터 '나'를 이끌고 오솔길의 모든 풍경들을 곁에 두었기 때문이다. 생각이 이쯤에 다다르자 뭔가 생경한 감정과 욕망이 다시 붙박이기 시작한다. 서정이라는 장소가 열린 것이다.

시인에게 서정이란 다름 아닌 나의 '곁'이다. '나'라는 혼자는 수많은 '나'를 거느리며 자신의 눈부처를 타인에게 돌려준다. 다시 말하자. 서정이란 '곁'의 생성(혹은 발견)이다. 내가 나를 보듬는 것이며, '나'는 다시 다른 '나'

를 껴안고 흐르는 눈물을 닦아주는 것이다. 사과를 잃어버린 농부들과 처녀들의 목소리를 듣는 것이다. 저기, 자작나무가 빽빽한 숲 사이로 오솔길이 보이기 시작한다. 곁에 놓일 풍경은 아직 없다. 이제 누가 그 길로 접어들 차례인가.

*

그러므로 서정은 언어가 언어 속에서 이미 스스로를 내파한 장소다. 그 위로 세계가 내려앉고 눈처럼 쌓이며 저마다의 맹렬한 오솔길을 산출한다. "하늘은 예전과 다름없이 / 곱고 푸른 살결과 / 빛나는 눈 하나를 잘 간직하고 있었다 / 어떤 흥미로운 소식도 / 아름다운 소식도 / 없었다 / 눈이 내리고 있었다"(「2930년대를 타이핑하다」). 흥미로운 소식도, 아름다운 소식도 없이 다만, 저만치 손닿는 곳에 눈이 내리는 것이다. 여기에서 시인의 이중 감정은 사라지고 오로지 생(生)의 고요만 서늘하다. 이것이 강건늘 시인이 일으켜 세운 서정의 아득한 풍경이다.(*)

잠만 자는 방 있습니다

1판 1쇄 발행	2021년 7월 30일
지은이	강건늘
발행인	윤미소
발행처	(주)달아실출판사
책임편집	박제영
디자인	전형근
마케팅	배상휘
법률자문	김용진
주소	강원도 춘천시 춘천로 257, 2층
전화	033-241-7661
팩스	033-241-7662
이메일	dalasilmoongo@naver.com
출판등록	2016년 12월 30일 제494호

ⓒ 강건늘, 2021

ISBN 979-11-91668-06-3 03810